아르벤드 연대기

Chronicles of Arebend

몽연 판타지 장편 소설

FANTASY FRONTIER SPIRIT

아르벤드 연대기 7

몽연 판타지 장편 소설

초판 1쇄 찍은 날 § 2013년 12월 26일
초판 1쇄 펴낸 날 § 2014년 1월 6일

지은이 § 몽연
펴낸이 § 서경석

편집부장 § 권태완
편집책임 § 박가연

펴낸곳 § 도서출판 청어람
등록번호 § 제1081-1-89호
등록일자 § 1999. 5. 31
어람번호 § 제1-1744호

주소 § 경기도 부천시 원미구 심곡2동 163-2 서경B/D 3F (우) 420-822
전화 § 032-656-4452 팩스 § 032-656-4453
http://www.chungeoram.com
E-mail § chungeorambook@daum.net

ⓒ 몽연, 2013

ISBN 978-89-251-3645-5 04810
ISBN 978-89-251-3418-5 (세트)

아르벤드
연대기

Chronicles
of
Arebend

몽연 판타지 장편 소설

FANTASY FRONTIER SPIRIT

[완결]

청
어
람
도서출판

Chronicles of Arebend

아르벤드
연대기

CONTENTS

제1장

십이왕국연맹의 몰락

　암흑마법병단에게 제국 북부군과 펠티온이 무너졌고 베놈 포레스트를 관통한 오크 군단에게 제국 남부군과 벨라간이 무너졌다.

　암흑마법병단은 북부를 무너뜨리고는 모습을 감춘 채로 남하했다. 벨라시온이 무슨 의도로 그런 행동을 하는가에 대해서는 그 누구도 모른다. 탄트라와 지그문트 역시 짐작만 할 뿐 확신은 없었다.

　반대로 오크 군단은 북상하면서 눈에 보이는 모든 인간을 쳐 죽였다. 애당초 그들이 세상에 나온 목적은 십이왕국연맹의 영토 전체를 집어삼키려는 것이다. 살려두는 자체가 더 이상하다.

어마어마한 오크 군단의 북상으로 하사스와 벨라간의 대군이 쓸려 나갔다. 그들을 지휘해 줄 마스터가 전부 자국으로 대피했기 때문이다.

슈린드 공작조차 드미티스 국왕을 기절시켜 헤르비아 왕국으로 망명했다.

저만한 대군이 왕국 내부로 들어서면 막는 건 둘째 치고 빠져나갈 수도 없게 된다. 국민의 죽음에 눈시울이 붉혀져도 신하로서 우선시해야 할 존재는 당연히 국왕이다.

그의 판단이 옳았다고 말할 수는 없다.

그러나 현재 남부 왕국에서 진행되는 상황을 봤다면 빠져나가기를 잘했다고 생각할 것이다.

왜냐하면… 그곳은 현재… 지옥이었으니까.

*   *   *

콰콰콰쾅!

하사스 왕국의 수도 하칸.

일국의 수도답게 제법 아름답고 많은 인구가 살았지만, 지금은 인세에 다시없을 지옥으로 변했다.

오크 군단은 일부 병력을 피어 마운틴 부근에 분포해 있는 왕국으로 보냈다. 그리고 본대는 남부 성벽을 기준으로 타고 올라갔다.

국경부터 휩쓸어 인간들의 병력을 줄이고 그다음에 내부를 정리할 요량이다. 가뜩이나 알칸시아 제국과의 전쟁으로 병력 대부분이 국경에 모여 있던 십이왕국연맹으로선 마른하늘에 날벼락과도 같았다.

수도의 외벽은 진작 뚫린 지 오래였다. 오크 군단은 내부로 침입했고 미처 대피하지 못한 사람들을 벌레처럼 죽였다. 2미터가 넘는 덩치에 보통 인간의 대여섯 배에 달하는 힘은 그들의 사지를 손쉽게 찢어냈다.

마지막 보루인 왕궁의 성벽.

높고 두꺼웠으며 방어 결계에 보호받았기에 쉽사리 뚫리지 않고 있었다. 그럼에도 병사들은 불안했다.

저 오크들은 보통의 마수와는 달랐다. 무리해서 성벽을 공격하지 않고 주변부터 정리했다.

"공격하라!"

"쏴라!"

슈슈슈슛!

성벽에서 오크들을 막던 하사스 왕국의 병사들이 활을 쏴갈겼다. 활에서 발사된 수천 발의 화살이 오크들을 향해 날아갔고 곧 그들의 몸에 적중했다.

투투투툭!

"아아……."

징그럽게 꿈틀거리는 근육에 맞은 화살이 얇은 상처만 내고서 죄다 퉁겨졌다. 그레이트 오크의 겉가죽은 정성스레 무두질된 가죽 갑옷에 버금간다.

그뿐이랴? 가죽 내부를 꽉 채우는 근육의 밀도가 인간과는 차원을 달리한다. 화살로 죽이려면 일격에 눈알을 관통해서 뇌를 꿰뚫어야 하는데 세상에 그런 명사수가 얼마나 되겠는가.

"제법 잘 버티는군."

락샤샤와 같이 대전사였다가 새롭게 족장이 된 샤라트가 위태위태한 성벽을 보며 말했다.

"그럼 뭐합니까? 곧 함락될 텐데."

"맞습니다. 저번에 트루잔 족장님과 락샤샤 족장님께서 죽인 인간들 정도의 강자만 있었어도 재밌었을 텐데……."

"그 점에 관해서는 나도 아쉽게 생각한다."

휘하 대전사와 전사장의 불평에 샤라트도 아쉬운 표정을 지었다.

오러를 다루는 인간이 종종 보였지만 일족의 전사 한 명이면 충분했다.

좀 더 강한 인간이 나와도 전사장 급에 머물렀다. 맥 빠지는, 그야말로 나약하기 짝이 없는 인간들의 능력에 허탈함과 실망만이 가득했다. 저런 종족이 대륙 전역을 지배하고 있다는 자체가 이해 불가였다.

크어어어!

샤라트는 2만의 오크 군단을 이끈다. 나머지 100만 오크는 하사스 왕국을 그대로 지나쳤다.

이따위 약소국가를 처리하는 데 개미떼처럼 달라붙는 건 시간 낭비였다.

"어쨌거나 저곳을 점령하면 끝나는 일이니 귀찮아도 내가 나서서 끝내야겠군."

점령이 끝나는 즉시 내부를 정리할 소수 병력만 남기고 본대와의 합류를 위해 뒤따라야 한다. 그 때문에 빠르면 빠를수록 좋았다.

"병력을 물리겠습니다."

"그러도록."

뿌우우우!

물러서라는 소리를 들은 오크들이 미친 듯이 공격하던 행위를 멈추고는 성벽과 거리를 벌렸다.

병사들은 오크들이 퇴각하는 줄 알고 기뻐하다가 전방에서 다가오는 샤라트를 보고는 기겁했다.

"마, 맙소사!"

"오크의 덩치가!"

족장들의 덩치는 3미터가 넘는다. 인간들의 높이에서 보면 그야말로 괴물이나 다름없다.

쿠웅!

샤라트는 창을 사용한다. 길이만도 4미터에 두께는 성인 팔뚝과 비슷하다. 이쯤 되면 창이 아니라 건물을 세울 때 쓰는 기둥이다.

"후우우우!"

쫘아아악!

그가 투창 자세를 취했다. 육체의 무게중심이 한쪽으로 쏠리며 들숨의 영향으로 근육이 한계까지 부풀었다.

휘르르르!

샤라트의 창끝에서 바람이 휘몰아쳤다. 오러가 주입되고 있다는 증거였다.

꿀꺽!

병사들이 저마다 침을 삼켰다. 무슨 일이 생겨날지 그들로선 알아낼 방법이 없었다.

"그대들의 약함을 탓하거라."

퍼어어엉!

대기가 관통되는 폭음과 함께 샤라트의 손에서 창이 날아갔다. 음속을 넘어서는 속도에 창에 실린 힘이 하나로 합쳐지며 성벽과 충돌했다.

콰아아아아아앙!

"으아아악!"

"흐, 흔들린다!"

"꽉 잡아!"

샤라트의 투창이 성벽 한쪽에 박히며 큰 폭발을 일으켰다. 그 덕분에 오크들이 충분히 들어갈 만한 공간이 만들어졌다.

크어어엉!

샤라트의 피어가 오크 군단의 귓전을 때렸다. 그와 동시에 오크들이 흉포해지며 침을 질질 흘렸다. 짜증 나도록 막아대던 성벽이 없어졌으니 쌓였던 분노를 한꺼번에 풀 수 있게 됐다.

"모든 인간을 죽여라!"

쿠쿠쿠쿠!

사방에서 오크들이 몰려들었다. 병사들이 활과 마법을 쏴도 소용없었다. 강력한 마법 같은 경우에는 오러를 다루는 오크들이 접근하기도 전에 오러로 상쇄시켰다.

살육의 순간.

하사스 왕국의 마지막 보루가 무너지며 악몽으로 가득 찬 시간이 도래했다.

"하하! 이게 정녕 현실이란 말인가? 꿈이 아니고 현실?"

볼트란 국왕은 속속들이 도착하는 급보를 들으며 두 손으로 머리를 부여잡았다. 하사스와 벨라간이 베놈 포레스트를 통해 나왔을 거라 추정되는 오크 군단에게 짓밟혔다.

왕국의 국민은 씨 몰살을 당하기 직전이고 조금 전 하사스 왕국이 함락됐다는 마지막 급보가 도착했다.

벨라간 쪽은 슈린드 공작이 드미티스 국왕과 함께 헤르비아로 간다는 일방적인 통보를 전해왔다.

애당초 벨라간은 헤르비아와 맺은 협정에 따라 드미티스 국왕이 보증한 귀족을 포함해 그들의 식솔과 수용 가능한 만큼의 국민을 이주시켰다.

그외의 십이왕국연맹 국가도 뒤늦게 라이레인 여왕에게 이주 신청을 했지만 습격자들과는 만날 이유가 없다면서 거절당했다.

"전하! 알칸시아 제국의 중앙군도 퇴각하고 있습니다! 결단을 내리셔야 하옵니다!"

데메우스 대공은 남하하는 암흑마법병단과 북싱하는 오크 군단을 피해 중앙군을 퇴각시켰다. 본인이 도착하는 데 필요한 시간을 벌기 위해서다.

문제는 십이왕국연맹이다. 그들은 빠질 곳이 없었다. 가봐야 자국의 영역 안이었다.

제국이 퇴각하고 오크 군단이 북상한다는 소식을 접한 각 나라의 마스터들은 서로 살길을 도모하려고 자국으로 떠났다.

데헬린에는 네 명의 마스터와 한 명의 대마도사가 버티고 있었지만 압도적인 병력 차이로 기가 죽었다.

"로랜드 공작."

"예! 전하!"

"라이레인 여왕과 연결해 주시게."

"전하?"

"어서!"

볼트란 국왕이 언성을 높였다. 그에 로랜드 공작은 마지못해 통신 수정구를 꺼내고 라이레인 여왕과 연결되는 좌표를 입력했다.

우우우웅.

'이 많은 사람을 죽게 내버려 두는 건 왕으로서 할 짓이 아니다.'

백 단위도, 천 단위도, 만 단위도, 십만 단위도 아닌, 억 단위의 생명이 죽을 것이다. 막을 수 있다면 아직 시간이 남았을 때 무엇이든 해야 한다.

'내 자존심 따위는 필요 없다.'

그것이 왕의 자존심을 짓뭉개는 일일지라도.

*　　　*　　　*

윙윙윙윙!

라이레인 여왕의 옆에 있던 샤일라스는 갑작스레 울리는 통신 수정구의 좌표를 확인했다. 그녀는 묘한 표정을 지었다. 발신자는 데헬린 왕국의 볼트란 국왕이었다.

"샤일라스 님, 어디서 온 건가요?"

"데헬린의 볼트란 국왕에게서 왔어요."

"음……."

라이레인 여왕은 통신을 받을까 말까를 고민했다. 볼트란 국왕은 대하기가 껄끄러웠다.

"그래도 왔는데 받는 게 예의라고 생각해요."

"알겠어요."

샤일라스는 충고를 새겨듣는 그녀를 보며 살며시 웃으며 통신을 받아들였다.

―오랜만에 뵙소이다, 여왕.

"그러네요. 무슨 일이신지?"

라이레인 여왕은 일부러 강하게 나왔다. 상대에게 얕잡히면 안 된다는 탄트라의 언질이 있었다. 그녀는 현명하지만 모진 성격은 아니었다.

—…….

본론부터 꺼내는 그녀의 태도에 볼트란 국왕은 잠시 갈등 어린 표정을 지었다.

쿵!

—헉, 전하!

—전하! 전하! 어찌!

—아바마마!

통신 수정구 속.

데헬린 왕국의 볼트란 국왕이 라이레인 여왕에게 무릎을 꿇었다. 그에 주변에 있던 귀족들이 대경하며 그를 일으켜 세우려고 했다.

—봐라!

놀라기는 샤일라스와 라이레인 여왕도 마찬가지였다. 소국의 남작만 돼도 자존심이 하늘을 찌른다.

하물며 볼트란 국왕은 강대국의 국왕이다. 상대를 무릎 꿇려도 모자랄 판에 스스로 꿇다니.

쿵!

—크흐흐흑! 전하!

―차라리 목숨을 걸고 본 국을 사수하겠사옵니다! 그만하시옵소서!

볼트란 국왕이 무릎을 꿇은 상태에서 고개를 숙였다. 찬란하게 빛나는 국왕의 상징이 바닥으로 굴러떨어졌다.

라이레인 여왕을 입을 벌린 모습 그대로 나뒹구는 왕관을 쳐다봤다. 어디서 놀라고 말아야 할지를 모르겠다.

"왜, 왜 이러는 건가요?"

라이레인 여왕의 목소리가 떨렸다. 당황스러움이 고스란히 묻어났다.

―도와주시오. 소식을 들었을지는 모르오만 백만 오크 군단이 십이왕국연맹의 영토를 북상하고 있소. 하사스와 벨라간은 이미 함락됐고 하루만 더 지나면 본 국의 국경과도 맞닿을 것이오!

'발자스, 결국 일을 벌였군요.'

오크 대족장 발자스는 피어 마운틴을 손에 넣고 대륙 정벌까지 꿈꾸고 있었다.

순서가 다소 뒤바뀌긴 했어도 십이왕국연맹 전체를 함락하면 천천히 시간을 들여 피어 마운틴도 먹어치울 것이다.

샤일라스와 라이레인 여왕도 오크들의 출현에 관한 소문을 듣긴 했다.

그럼에도 그쪽에 신경 쓸 겨를이 없었다. 끊임없이 유입되는 이주민들을 관리하는 것만도 벅찼다. 이미 모든 섬은 포화 상태고 남은 이주민들은 임시방편으로 구 헤르비아의 남부 지역으로 옮겼다.

몇몇 추가적으로 발견한 섬의 문제점을 해결하기 전까지는 그곳에서 기다려야 했다.

"제가 어떡해야 할까요?"

라이레인 여왕이 샤일라스에게 의견을 물어봤다. 평소처럼 매몰차게 거절할 수준을 넘어섰다. 거절하는 순간 셀 수도 없을 만큼의 생명이 죽을 것이다. 의도한 것은 아니라도 그녀의 손에 그들의 생명이 달렸다.

"뭘 고민하세요?"

"네?"

"마음이 시키는 대로 하세요. 뒤는 저희가 봐드릴 테니."

라이레인 여왕의 고민의 샤일라스의 한마디로 해결됐다.

그녀가 볼트란 국왕에게 말했다.

"일어서세요. 당신은 데헬린의 국왕입니다."

─망국이 될 판에 그게 무슨 상관이오? 국가와 국민이 있어야 왕족과 귀족도 있는 법이오.

혼자 살아남아 왕을 자처해 봐야 누구도 인정해 주지 않는다.

"데헬린의 상황을 말해보세요. 빠져나올 수 있나요?"

볼트란 국왕이 고개를 흔들었다.

―하사스와 벨라간으로 통하는 워프 포탈이 끊어졌소. 이동하려면 텔레포트나 직접 가는 수밖에 없는데, 그러다가는 오크 군단과 마주할 것이오.

"음……."

국민을 대비시킬 시간도, 방법도 없어 보였다. 듣자 하니 볼트란 국왕의 말은 망명을 받아달라는 뜻이 아니다.

그들은 다른 걸 원하고 있었다.

"제가 갈게요."

"샤일라스 님이요?"

라이레인 여왕이 샤일라스를 보며 눈을 동그랗게 떴다.

"제가 가서 탄트라 님을 설득할게요. 아마 들어줄 거예요."

망명이 어려우면 오크 군단을 막아야 한다. 발자스가 탄트라와 마주한다면 진군을 멈출 것이다. 그들에게 있어 그는 아크아돈이자 십수 년 전 벌어진 핏빛 악몽의 공포였다.

"하, 하지만 탄트라 님이라도 그 많은 오크를……."

"제게 다 생각이 있어요."

샤일라스가 그녀를 보며 웃자 라이레인 여왕은 왠지 모를 씁쓸함에 입술을 깨물었다.

자신도 탄트라를 저리 허물없이 대하고 싶었지만 그는 마음을 열지 않았다. 소통은 샤일라스하고만 했고 다른 이들에게는 쌀쌀맞게 대했다. 둘이 십 년 이상을 알고 지냈다는 사실을 알았을 때는 소외감까지 느꼈었다.

"알겠어요."

"이곳은 다 정리됐고 알파드 후작님과 가베인 공작님이 계시니 안전은 문제없을 거예요."

상어섬에 서식하는 상급 마수는 거진 토벌을 완료했다. 하급 마수가 좀 남아 있긴 해도 딱히 위협이 될 만한 요소는 없었다.

"제가 직접 가겠습니다. 혹시 모르니 병력을 모아서 대비는 해두세요."

—아아, 고맙소. 정말! 정말 고맙소!

샤일라스가 대답하자 볼트란 국왕이 예를 취하며 속마음을 밝혔다. 그녀가 온다는 건 탄트라가 온다는 말과도 같았기 때문이다.

"이만 통신을 끊겠어요."

—본인도 준비를 해두겠소!

우웅!

샤일라스는 통신을 끊었다. 그리고는 다시금 좌표를 입력했다. 탄트라에게 연락하기 위해서다.

"금방 돌아올게요."

"기다릴게요."

파팟!

2급 마법 매스 텔레포트가 캐스팅되며 샤일라스의 모습이 라이레인 여왕의 눈앞에서 사라졌다.

＊　　　＊　　　＊

"약탈인가?"

탄트라는 하사스 왕국의 외각 부근에 있는 마을을 훑어보며 말했다.

왕국이 오크들에게 함락됐어도 모든 국민이 죽은 것은 아니었다. 간혹 죽음의 위협을 피해 간 곳이 몇몇 있었는데 그중 하나가 여기였다.

그렇다고 멀쩡할까?

약탈의 흔적.

오크는 피했어도 도적을 피하지는 못했다. 혼란으로 가득 찬 난세는 도적들의 기준에서 두 번 다시 오지 않을 기회였다.

퍼석.

군데군데 건물이 불나고 물건들이 어지럽게 나뒹굴었다. 중앙으로 갈수록 그 정도가 점점 심해졌다.

"오크들이 알고 그랬을 리는 없고 타이밍 한번 기가 막히게 잡았군."

지그문트의 말에 탄트라가 동의했다. 두 세력의 뛰어난 지략가라도 알칸시아 제국과 십이왕국연맹의 전쟁에서 오크 군단이 튀어나올 줄은 예상치 못했을 것이다.

완전히 뒤통수 맞은 격이었다. 대비할 틈도 없이 순식간에 쓸려 나갔다.

"잘못하다간 대륙이 반 토막 나겠는데?"

십이왕국연맹의 병력으로는 오크 군단을 막지 못한다. 초반의 기습으로 어마어마한 병력이 소실됐다.

이대로라면 영토 전체가 오크 제국으로 변할 것이다. 경계선을 그어서 알칸시아 제국과 오크 제국이 팽팽한 힘겨루기를 할 상황이 만들어지는 것도 꿈이 아니었다.

"지켜보기만 할 건가?"

"무슨 의도로 하는 소리지?"

탄트라가 뜻 모를 소리를 하는 지그문트를 넌지시 쳐다봤다.

"내버려 두면 십이왕국연맹의 모든 인간이 죽을지도 모른다."

"왠지 나보고 오크들을 죽이라는 소리 같군."

"꼭 그렇다기보다는 상황이 극단적으로 치닫는 데도 관심이 없어 보여서."

탄트라도 생각이란 게 존재한다. 그도 오크들의 전력이 대단하다는 것쯤은 알고 있었다. 가만두면 지그문트의 말마따나 십이왕국연맹은 채 반년이 지나기 전에 멸망할 것이다.

그들에게는 발자스는커녕 족장들을 막을 막한 강자도 없었다.

"관심이 없다기보다는 그냥 내 일이 아니라는 느낌이랄까?"

"아아! 이해했다."

지그문트는 탄트라의 말을 곧바로 이해했다.

분명 그에게는 이 난세를 종식할 힘이 있다. 그러나 힘이 있다고 해서 의무까지 부여되는 것은 아니다. 부유한 자가 가난한 자를 먹여 살릴 필요가 없듯이.

라이레인 여왕은 십이왕국연맹을 도와달라는 볼트란 국왕의 부탁을 받아들였다. 그녀에게 의무가 부여된 건 아니라도 짓누르는 책임감을 버티지 못했다. 반대로 탄트라는 그런 것에 연연한 만큼 정신력이 약하지 않았다.

철저한 경계.

자기 일과 남의 일은 명확하게 구분 짓는 것은 어려운 일이있다.

지그문트도 레비아탄이라 탄트라와 사고방식이 비슷하다.

본인에게 부여된 임무라면 전력을 기울이겠지만, 그렇지 않다면 먼 나라 이야기일 뿐이다.

"그럼 저것들도 그냥 보고만 있을 텐가?"

탄트라가 지그문트가 보는 방향으로 고개를 돌렸다. 마을 바깥 수킬로미터 지점에서 육중한 발 구름 소리가 들려왔다.

오크였다. 숫자는 어림잡아 100마리 정도로 하품이 나올 만큼 적었다.

"저쪽은 해결하도록 하지."

"왜? 아까와는 말이 다른데?"

"눈에 보이는 것까지 모른 체할 생각은 없다."

"고약한 심보로군."

탄트라는 말문을 닫았다. 일일이 대답하기 귀찮았다. 그냥 마음 내키는 대로 행동하는 게 그의 성격이다. 둘은 마을을 벗어나기가 무섭게 정면에서 다가오는 소규모 오크 부대와 마주쳤다.

크륵?

부대를 지휘하는 오크 전사가 탄트라와 지그문트를 보며 고개를 갸웃거렸다.

"일반 오크에 전사 몇몇으로 구성됐군."

오크는 정확하게 100마리였다. 90마리의 일반 오크와 10마리의 오크 전사였다. 적은 숫자임에도 작은 마을 하나쯤은 순식간에 몰살시킬 전력이다. 아마 남작 영지는 되어야 해볼 만할 것이다.

"누가 하지?"

"그런 걸 꼭 말로 정해야 하나? 부질없는 것을."

퍼어어엉!

왼팔에 블레이드 헬을 응축시킨 탄트라가 전방을 향해 분출했다. 대기를 찢어발기는 오러의 기운을 느낀 오크들이 무기를 들었지만 그게 죽기 전에 한 마지막 행동이었다.

콰아아아아앙!

오크들이 퍼져 있던 범위 전체가 통째로 날아갔다. 살과 뼈, 핏물 등이 흩날리지도 않았다. 그냥 입자 단위로 분해되어 사라졌다.

"재미없게."

지그문트가 한숨을 내쉬었다. 지루한 여행길에 잠깐 데리고 놀려 했건만 탄트라가 기회를 앗아갔다.

"심심하면 네가 오크들을 없애는 건 어떤가? 백만 마리나 되는데 질리도록 놀 수 있다."

"사양하지. 너무 많아도 징그럽거든."

탄트라는 지그문트의 말을 무시하고 다시금 걸음을 옮겼다.

우우우웅!

"응?"

"통신이 왔군."

둘이 마을을 벗어난 지 얼마 되지 않아 통신 수정구가 울어 댔다.

"샤일라스인가."

탄트라가 통신 수정구를 꺼내 연결했다. 그러자 로브를 뒤집어쓴 샤일라스가 나타났다.

─어디쯤이에요?

"하사스 왕국 남부 근처다."

─부탁 하나만 해도 돼요?

샤일라스가 부탁한 적이 있던가? 탄트라는 고개를 갸웃거리며 말했다.

"무슨 부탁?"

─나 좀 데리러 와줘요.

"…무슨 말이지?"

─상어섬의 전초기지예요. 올 수 있겠어요?

상어섬의 전초기지면 처음 그들이 도착해서 임시방편으로 만든 주둔지였다. 지금은 제법 정성을 들여서 대도시에 버금가는 항구를 건설 중이었다.

"이유는?"

─도착하면 말씀드릴게요.

"알겠다."

팟!

탄트라는 일방적으로 통신을 끊었다. 그러자 지그문트가 물어봤다.

"거기까지 어떻게 가려고 하지? 너는 알큐라스의 힘을 흡수하면서 마법을 포기하지 않았나?"

알큐라스와 융합할 당시 탄트라는 마법의 힘을 전부 자신에게 맞는 체질로 바꿨다. 이전에 탄트라는 실제 쓰지는 않았지만 마법과 오러 양쪽의 가능성을 모두 갖고 있었다. 하지만 알큐라스와 융합하면서 모든 것이 새롭게 구성됐고, 그 와중에 마법에 관한 힘을 보다 자신에게 맞는 쪽으로 바꾸었다.

그 때문에 머릿속에 마법에 대한 기억은 있어도 직접 사용하지는 못한다.

샤일라스 역시 뛰어난 수준의 대마법사임에도 그만한 거리를 텔레포트할 능력은 없었다.

스윽.

탄트라가 지그문트를 쳐다봤다. 아무 말도 없이 그냥 쳐다보기만 했다.

"…지금 장난하나?"

지그문트가 불편한 기색을 내보였다. 저 눈빛은 상어섬으로 가서 샤일라스를 데려오라는 뜻이었다.

"부탁하지."

"하! 세상에, 어이가 없어서."

그는 계속해서 쉬지 않고 투덜댔다. 그에 탄트라가 다시 한 번 말했다.

"부탁한다. 대신 여행 도중 귀찮은 일이 생기면 내가 하도록 하지."

"좋아. 동맹을 맺었으니 들어주겠다. 하지만 이번 한 번뿐이다."

지그문트로서도 상어섬과 이곳을 왕복하려면 어마어마한 마력이 소모된다.

그의 마력 총량이 제아무리 대단해도 이곳에서 수백 킬로미터 떨어진 곳을 제집 드나들듯 하기는 어려웠다.

지이이잉!

그가 마법을 캐스팅했다. 좌표 지정을 해놨지만, 거리가 거리였기에 1급 공간 계열 마법인 워프를 써야 했다. 텔레포트나 매스 텔레포트로 갈 만한 거리가 아니었다.

"워프."

슈우우웅!

시전과 동시에 지그문트의 육체가 사라졌다. 탄트라는 움직이지 않고 그곳에서 기다렸다.

"처음 한 번이 어렵지 두 번은 쉬운 법이다."

지그문트가 들었으면 화를 낼 만한 내용이다. 그러나 이미 상어섬으로 이동한 뒤였기에 그 말을 듣지 못했다.

*　　　*　　　*

"나보고 오크 군단을 저지해 달라고?"

샤일라스는 탄트라를 보자마자 볼트란 국왕과의 통신 내용을 말해줬다. 그에 탄트라는 할 말을 잃고 어처구니가 없다는 표정을 지었다.

요약하면 데헬린 왕국의 힘만으로는 오크 군단을 막을 수가 없으니 라이레인 여왕에게 도와달라고 부탁했고, 그녀는 받아들였다.

문제는 정작 움직여야 하는 존재가 탄트라라는 점이다. 대체 이게 무슨 조화란 말인가?

"싸워야 할 필요는 없을 거예요. 발자스는 당신을 보자마자 알아챌 테니."

"내 말의 요지를 파악하지 못하겠나?"

그따위 오크들 마음만 먹으면 언제라도 전멸시킬 수 있다. 정작 탄트라가 화를 내는 이유는 오크 군단을 막고 안 막고를 떠나서 이번 일에 대해 자신의 의견이 반영되지 않았다는 것이다.

"제가 그러라고 했어요."

"네가?"

"네, 뒤는 저희가 봐줄 테니 마음이 시키는 대로 하라고 했어요."

"미치겠군."

샤일라스는 탄트라와 지그문트가 앞으로 어떠한 상대와 싸워야 할지 모른다. 이런 쓸데없는 일에 시간 낭비할 여유가 없었다.

"대륙이 발자스의 손아귀에 떨어지면 피어 마운틴도 위험해요."

"지그문트가 준 마정석이 있다면 괜찮다."

그때 지그문트가 끼어들었다.

"발자스라는 오크 놈이 얼마나 강하지?"

"잘은 모르겠다. 예전에 봤던 대로라면 인간 상태를 기준으로 융합 전의 나와 비슷할 거다."

"1급 수준인가? 그럼 못 막아. 다른 오크들이야 내 기운에 짓눌리겠지만 그놈 혼자서는 들어올 수 있다. 그리고 예전이라며? 그럼 더 강해졌겠지."

탄트라가 지그문트를 노려봤다. 그러자 지그문트가 그의 시선을 피했다. 그 정도는 탄트라도 알고 있었다.

그럼에도 거짓말을 한 것은 상황을 타개하려는 술수였는

데 그가 망쳐 놨다.

"발자스를 만나서 피어 마운틴으로 돌아가 달라는 말을 해 주세요."

"너는 그가 순순히 돌아갈 거라고 생각하나? 설사 나를 알아보고 돌아간다 쳐도 그 분풀이를 피어 마운틴 내부에서 할지도 모른다."

대륙으로 튀어나온 정도면 준비를 해도 단단히 했을 것이다. 그런 오크들이 말 몇 마디에 돌아갈 것 같지도 않았고 어찌어찌해서 돌아가도 이미 피 맛을 본 놈들이 가만있을 리가 없었다.

샤일라스가 그토록 사랑하는 엘븐 우드가 쑥대밭으로 변할 수도 있었다.

"다른 쪽으로 생각해 보는 게 어때?"

"무엇을?"

지그문트는 5천 년이 넘는 삶을 살면서 건국되고 멸망하는 국가를 셀 수도 없이 많이 봤다.

그들에게 아군은 없었다.

적의 적은 아군이라고? 죄다 헛소리다. 적은 적이고 적의 적도 적이다.

"오크들에게 필요한 건 땅덩이라고 하지 않나? 채찍과 당근을 동시에 주는 것도 좋은 방법이지."

"채찍과 당근이라……."

"오크들의 입장에서는 자신들의 능력만으로도 당근을 받아먹는 게 가능하다. 그러니 그러지 못하게 만들고… 음… 그래 협상, 협상이 좋겠군."

"자세히 말해봐라."

"오크들이 얼마나 흩어져서 얼마만큼의 영토를 얻었는지는 몰라도 일단 얻은 만큼은 그들의 영토로 내어준다. 대신 진군을 멈추게 하고 힘을 다른 쪽으로 쏟아붓게 하는 거다."

"너, 설마?"

탄트라는 머릿속을 스쳐 지나가는 생각에 혹시나 하고 말했다.

씨익.

지그문트가 의미심장한 미소를 지었다. 오크들의 넘치는 힘이라면 벨라시온을 상대하기에 제격이다.

"잔챙이까지 전부 상대하려 한 것은 아니겠지? 중요한 일을 눈앞에 두고 쓸데없는 데 힘을 쓰는 건 낭비다."

지그문트가 아는 벨라시온은 철두철미한 성격이다. 최대한 건재한 상태를 유지하려면 다른 이들의 손을 빌려야 한다.

"될까?"

"아마도?"

샤일라스는 그들이 무슨 말을 하는지 알아듣지 못했다. 그래도 나쁜 쪽 같지는 않아서 안심했다.

"의견에 동의한 걸로 알고 오크 군단의 본대가 어디까지 이동했나 찾아보도록 하지."

우우우웅!

지그문트가 다시 한 번 텔레포트를 캐스팅했다. 이번에는 먼 곳이 아니기에 소량의 마력으로도 충분했다.

그리고 그 시각.

오크 군단은 데헬린의 국경과 불과 20킬로미터 떨어진 거리에서 대규모 주둔지를 만드는 중이었다.

제2장

발자스와의 협상

데헬린 왕국 20킬로미터 지점.

이곳저곳으로 임무를 받고 떠난 40만 오크를 제외한 70만 오크 군단이 수킬로미터 반경에 대규모 주둔지를 구축하고 휴식을 취하는 중이다.

몇몇 왕국을 함락시키고 쉴 틈 없이 북상했기에 강한 체력을 보유한 오크들이라도 제법 지친 상태였다.

오크라서 지친 정도지 인간 병사였다면 열댓 번은 죽었어야 할 강행군이었다.

남부 벨라간과 하사스를 거쳐 데헬린의 국경까지 오는 데

평범한 인간을 기준으로 대략 두 달 정도가 걸린다. 그런데 오크들은 그 거리를 고작해야 이 주일 만에 주파했다.

더욱이 그냥 이동하는 것도 아니고 전쟁을 치르면서 이동했다는 것이다.

인간이라면 불가능했을 일을 오크들은 해냈다. 어마어마한 체력과 끈기였다. 아직 탄트라 일행에게 전해지진 않았지만 벨라간과 하사스는 물론 측면으로 빠진 40만 오크 군단이 프라딘과 라일드, 튤란, 칼리반까지 파고 들어갔다.

약소국인 세 나라는 가뜩이나 약한 국력에 내전으로 엉망된 상태로 오크들을 맞이했다. 그 때문에 채 며칠을 버티지 못하고 지도상에서 사라져 버렸다.

그나마 마스터를 보유한 칼리반 왕국이 15만의 병력으로 자국을 보호하며 팽팽하게 대치를 이루고 있었다. 그러나 세 곳의 약소국을 정리한 오크들이 하나둘 모여드는 상황이라 그조차도 오래간다 장담할 수 없었다.

*   *   *

"상황은?"

"순조롭소. 이것을 보시오."

발자스는 대주술사 카바크가 건네주는 지도를 펼쳤다. 손바닥만 한, 그가 들기에는 작디작은 지도였다. 인간들의 기준으로 만든 크기라서 그러려니 해야 한다.

"거기 데헬린이라고 쓰인 곳이 우리가 있는 곳이오."

카바크는 하나하나 차근차근 설명했다. 그들은 마구잡이로 학살하면서 북상한 게 아니다. 전쟁에 도움이 될 지도 등을 빠짐없이 회수했다.

"알칸시아 제국? 대단하군. 엄청난 규모야. 땅덩이가 십삼 왕국? 전부를 합한 것만큼 크군."

"주변에 분포된 왕국들까지 합하면 당장은 어렵다고 판단되오."

"어차피 반 쪼가리 낼 생각이었지 않나?"

"혹시나 해서 말했소."

"지도만으로는 좀 부족한데?"

"제법 귀한 자를 잡아왔소. 들기로는 거기 하사스라고 쓰인 왕국의 국왕이오. 우리의 용어로는 대족장이라는 게 맞겠소."

딱!

카바크가 손가락을 튕기자 오크 전사장 둘이 누더기를 입고 있는 중년 남자 한 명을 끌고 들어왔다.

그는 불안한 눈빛으로 눈알을 굴리다가 발자스의 거대한 덩치를 보고는 게거품을 물었다.

"히이이익!"

"장난하나? 이따위 버러지가 대족장?"

"인간들은 힘이 아니라 신분으로 계급이 정해진다오."

"하등 쓸모없는 제도군."

힘이 약하면 계급이 높아도 결국에는 잡아먹히게 마련이다. 강해야 스스로 지닌 모든 것을 온전히 보호할 수 있다.

우우우웅!

발자스가 하사스 왕국의 국왕을 향해 손을 뻗었다. 그러자 오러의 흡입력이 그를 끌어당겼다.

"제대로 대답을 하면 살려주고 못하면 내 손에 머리통이 박살 나서 죽을 거다. 죽고 싶으면 계속 넋 놓고 있어도 상관 없다, 인간의 왕아."

국왕은 정신이 번쩍 들었다. 제아무리 겁에 질렸어도 죽고 싶지는 않았다.

그에게 있어 오크가 말을 한다는 신기함 따위는 관심 밖이 었다. 오로지 살아야 한다는 일념으로 가득했다.

"뭐든, 뭐든 물어보시오!"

스륵.

발자스는 그에게 지도를 던져줬다. 그리고는 말했다.

"이 지도를 보고 내놈이 설명할 수 있는 모든 것을 말해 라."

하사스 국왕은 그 지도가 대륙의 세력을 자세히 그려놓은 자국의 지도라는 것을 단번에 알아챘다.

'살 수 있다. 살 수 있어!'

그는 호흡을 가다듬고 곧바로 설명했다.

"그, 그러니까……."

십삼 왕국부터 알칸시아 제국에까지 발자스가 알아들을 만큼 세세하게 풀어냈다. 심지어는 헤르비아 왕국이 바다로 나갔다는 등의 불필요한 말도 했다.

그러나 제지의 기색은 없었다. 나라에 관한 설명이 끝나고는 지닌 바 국력에 관해서 재차 말을 이었다.

"다, 다른 곳도 마스터 하나씩은 보유했지만 특히 이곳 데헬린 왕국은 마스터만 네 명에 대마도사도 한 명을 보유하고 있습니다."

"마스터와 대마도사가 뭐지?"

발자스가 묻자 국왕은 다시금 말해줬다. 그는 무인이 아니라서 조금 두서가 없었음에도 듣는 처지에서는 대충이나마 알아들었다.

"호? 마스터가 대전사이고 대마도사는 대주술사인가? 제법 강한 왕국이군."

동원 가능한 병력도 50만 이상이다. 발자스가 없이 족장들로만 해결하려 했다면 제법 고전했을 정도였다.

[대족장, 죽이면 아니 되오.]

[나도 안다. 계급이 높은 인간이니 아는 것도 많겠지.]

카바크의 메시지에 발자스가 죽이지 않을 거라고 대답했다. 한 나라의 왕이라서 지식이 풍부했다.

당장 죽이는 것보다는 살려두고 써먹는 게 좋았다. 필요가 없어지면 그때 죽여도 늦지 않는다.

"바다 건너서는 갈 수가 없으니 포기하고 열두 곳의 왕국만 먹으면 되나? 이거 생각보다 범위가 너무 큰데……."

발자스가 예상한 영역은 지도에 표시된 것의 반절에 해당한다. 그런데 두 배나 더 넓다니, 현재 오크의 숫자로는 전부 관리하기가 어려웠다.

"이놈은 다시 가둬놔."

"살려주시오! 살려주시오!"

하사스 국왕은 끌려 나가면서 계속해서 살려달라고 빌어댔다.

"거참, 안 죽인다니까."

그 말을 한 발자스가 카바크에게 의견을 구했다.

"어때? 확실히 범위가 넓지?"

"그렇소. 딱 이곳까지가 좋기는 하오만."

데헬린 전까지가 오크들이 관리할 수 있는 최대한의 영역이다. 더 넘어가면 훗날은 몰라도 당장은 버려둬야 한다. 그리고 버려둔다면 나중에 또 싸워야 할지도 모른다.

인간이고 마수고 주인 없는 땅덩이에는 욕심내게 마련이니까.

"그건 나중에 전체 회의에서 말하기로 하고 일단은……."

쿠우우웅!

"아?"

발자스는 말을 하다가 뇌리를 관통하는 감각에 몸을 부르르 떨었다. 어디선가 느껴본, 익숙하고도 익숙해서 절대로 잊을 수 없는 그런 기운이 오크 주둔지를 짓눌렀다.

"카바크?"

"이, 이럴 수가!"

카바크 역시 발자스와 다르지 않았다. 어찌 이 기운을 잊을 수 있을까? 오크 일족 전체 전력의 4할이 소멸한 그날이 새록새록 떠올랐다.

[내 기운을 느꼈다면 나와라. 그날의 악몽을 되새겨 주기 전에.]

사방에서 탄트라의 목소리가 들려왔다. 피어 마운틴에서 사라져서 안심하고 있었는데 하필 이시기에 찾아오다니.

"어떻게 이곳에?"

카바크가 지팡이를 꽉 잡으며 이를 악물었다. 그에 발자스가 자신의 할버드를 챙겼다.

"대족장!"

"가봐야지. 어쩌겠나? 그나마 과거와는 달리 정신이 온전한 것 같으니 말이 통할지 혹시 알아?"

죽인다고 달려들면 곧이곧대로 죽어줄 생각은 없지만 벌여놓은 짓이 있어서 막을 명분도 없었다.

"오크들을 집결시키겠소."

"됐어. 나 혼자 갔다 오겠다."

파팟!

발자스의 거대한 육체가 순식간에 막사에서 사라졌다. 그에 카바크가 지팡이를 만지작거리며 말했다.

"당신이 죽으면 오크 일족이 무너지오. 제발, 제발!"

인간들에게는 괴물로 보일지 몰라도 오크들에게는 없어서는 안 될 정신적 지주였다.

절대로 죽어서는 안 될 만큼.

*   *   *

지그문트는 산 중턱에서 보이는 오크 주둔지를 바라보며 감탄을 연발했다.

"피이 마운틴에 안 기본 지가 오래돼서 그러려니 했는데 저게 다 오크라고? 인간 왕국쯤은 순식간에 쓸리겠군. 숫자도 숫자고 수준이 너무 높아."

"저것도 내가 줄여놓은 거다. 과거에는 더 많았다."

"부족 생활을 하는 마수 중에서는 단연 최상위권에 속한
다. 하늘이나 바다를 제외하면 땅에서는 최고겠군."

"그럼 하늘이나 바다에는 그레이트 오크처럼 개개인이 강
력하며 부족 생활까지 하는 마수가 있다는 뜻인가?"

"대표적인 놈들이 있기는 하지. 바다에 사는 녀석들은 내
수족이나 마찬가지야. 날 신으로 숭배하니까."

"그래? 인간은 한 종류고 마수는 그렇게 종류가 많은 데도
세상은 인간이 지배하는군. 참으로 신기해."

"나도 마찬가지다."

인간은 단독으로는 형편없이 나약하고 단체로도 나약하
다. 반대로 마수는 단독으로도 단체로도 강하다. 그럼에도 아
르벤드 대륙의 지배자는 인간이다.

그런 나약한 인간이 수천, 수만 종이 넘는 마수를 변방으로
몰아내고 대륙의 패권을 차지했다.

우우우우!

"오는군."

탄트라는 자신을 향해 다가오는 거대한 기운을 느꼈다. 오
크 대족장 발자스가 틀림없었다.

"오크? 이게 오크의 기운? 엄청나군. 융합 전의 너보다 강

하겠는데?"

"나도 느끼고 있다."

비록 인간 모습일 때의 기준이라지만 융합 전의 탄트라는 마스터와 대마도사들이 한꺼번에 달려들어도 여유를 지닐 만큼 강했다.

그런데 발자스는 그랬던 그의 기운을 가볍게 뛰어넘고 있었다. 지난 세월 동안 놀고 있지만은 않은 듯했다.

쿠웅!

"오크야 오거야? 진화에 진화를 거듭했군."

지그문트는 4미터가 넘는 발자스의 육체를 자세히 관찰했다.

단순히 덩치가 큰 수준을 벗어나 전투에 적합하게 바뀌었다. 팔다리도 오크치고는 긴 편에 속했다.

모르긴 몰라도 순수 육체 능력만도 대단할 것이다. 같은 경지에 오른 인간 기사가 있어도 발자스를 상대로는 부족했다. 적어도 두 명은 필요하리라.

"아크아돈……."

"공용어까지? 지식 수준도 뛰어난데? 잡아다가 연구해 보고 싶을 정도야."

발자스는 자신을 잡아서 연구하겠다는 지그문트를 보다가 한 걸음 뒤로 물러섰다. 짧은 순간이나마 그의 본질을 봤기 때문이다.

"내 본질을 봤나? 인정하지. 넌 내가 본 모든 생명체 중에서 열 손가락 안에 들어."

"됐다. 그런 쓸데없는 말을 하려고 부른 게 아니다."

터벅터벅.

탄트라가 걸음을 옮겨 발자스의 코앞까지 다가갔다. 허리춤에도 닿을락말락한 크기였지만 모습을 지켜보는 누구도 우습게 생각하지 않았다.

"오랜만이군."

"나를 불러낸 이유가 무엇이오? 과거의 복수요?"

발자스가 당장에라도 할버드를 휘두를 자세를 취했다. 이길 수 없다고 쉽게 죽어주는 건 자존심이 허락지 않는다.

"싸우려고 부른 게 아니다. 난 네가 내 부탁을 좀 들어줬으면 좋겠어."

"부탁? 만약 그것을 들어주면?"

"내 이름 걸고 과거를 잊어주지."

과거를 잊어주겠다는 탄트라의 말에 발자스가 고민했다. 약속을 지킨다는 보장이 없었다.

"오크 대족장 발자스. 제가 보증할게요."

"음?"

스륵.

지그문트의 뒤에 서 있던 샤일라스가 로브를 벗었다. 그러자 아름다운 그녀의 얼굴이 드러났다.

"이 장로 샤일라스!"

"하이엘프의 이름으로 약속합니다."

발자스는 엘프를 싫어한다. 그래도 그들이 거짓을 일삼는 종족이 아니란 것쯤은 잘 알았다.

"무슨 부탁을 하려는 것이오? 감당불가의 부탁을 하려거든 그냥 내키는 대로 하시구려."

"부탁은 두 가지다."

첫째, 지금까지 오크들이 함락시킨 지역을 영토로 인정해주는 대신 더 이상의 학살과 확장을 중지한다.

둘째, 한 번에 한해 오크들의 힘을 빌려준다.

'첫 번째는 없는 부탁이나 마찬가지다. 문제는 두 번째 부탁인데……'

발자스는 탄트라의 제의를 곰곰이 생각했다.

조금 전 카바크하고도 이야기를 나눴다. 예상했던 것보다 인간 왕국의 숫자가 많았다. 그에 따라 규모도 상당해서 100만 밖에 안 되는 오크로는 관리할 수가 없었다.

학살을 중지하는 것도 다른 곳으로 쫓아내기만 하면 되니 있으나 마나 한 부탁이다.

그러나 두 번째는 그 범위가 확실하지 않았다. 막말로 죽을 때까지 힘을 빌려달라 하면 차라리 그와 싸우는 게 나았다.

"첫 번째는 들어드리겠소. 기한은 어떻게 되오?"

"이십 년. 이십 년 동안만 전쟁을 중지해라."

지켜주지도 못할 텐데 오크들을 무한정 붙잡아두는 건 무리였다. 막말로 탄트라는 벨라시온을 죽이는 대로 마계로 가려 한다. 20년의 시간이면 대륙도 오크들과 전쟁을 치를 준비를 끝마칠 것이다.

이게 그가 해줄 수 있는 유일한 선물이다.

"좋소. 하지만 두 번째는 제대로 된 설명이 필요하오."

"설명?"

"힘을 빌려주는 범위가 어느 정도요?"

"범위, 범위라……."

"너 포함 정예 오크 십만으로 하겠다."

탄트라가 범위라는 단어를 반복할 때 옆에서 지켜보던 지그문트가 그 조건을 말했다.

어차피 오크들의 역할은 벨라시온과 잔챙이들을 상대하는 정도면 충분하다. 그 외의 것들은 탄트라와 힘을 합치면 된다. 그리고 발자스를 보니 어쩌면 벨라시온을 단독으로 상대할지도 모르겠다.

"정예의 숫자를 줄이는 대신 족장 하나를 끼워 드리겠소."

발자스가 조건을 바꿨다. 너무 한쪽으로 편중되면 오크 군단의 균형이 무너진다.

"족장의 수준이 어떻게 되지?"

그 질문에는 탄트라가 답해줬다.

"그랜드 마스터와 마스터 최상급의 경계."

"좋아. 그렇게 하지."

지그문트가 만족스러운지 고개를 끄덕였다. 탄트라는 혹시나 해서 말했다.

"약속을 어기지 않을 거라고 믿는다."

"알겠소."

지이이잉!

탄트라의 이마에서 커다란 눈이 생겨나며 본래 있던 두 눈과 합쳐서 불길한 기운을 내뿜었다. 발자스는 삼마안에 정신을 잃지 않으려고 오러를 끌어 올렸다.

—만약 어기면 오크 일족 전체를 몰살시켜 주마.

"알… 겠소."

"다른 오크들에게 연락할 방법은 있겠지?"

"주술로 하면 되오."

오크들의 주술학은 마도법학과는 또 다른 체계를 이룩한 상태다. 흩어진 군단에는 대주술사 카바크가 직접 키운 주술사들이 포함되어 있다. 그들을 통하면 멀리서도 연락을 주고받을 수 있다.

"나머지는 내가 해결하겠다. 전쟁을 중지하고 얻은 영역이나 신경 써라."

이미 죽은 인간들에 대한 연민은 없었다. 반발 따위는 무시하면 그만이다.

*　　　*　　　*

탄트라는 볼트란 국왕과 직접 통신을 주고받았다. 오크들과의 전쟁이 20년간 멈출 것이며 그 후에는 알아서들 하라는 식으로 설명했다.

그들이 믿지 않는 티를 풍기자 발자스와 이야기를 나누게끔까지 만들었다.

탄트라는 일방적인 협박으로 체결한 조약을 들먹이며 토 달지 말 것을 경고했다.

사실 볼트란 국왕으로선 토 달고 말 것도 없었다.

이미 함락당한 다섯 왕국의 왕족과 귀족 대부분이 죽었다. 단순히 왕국만 무너진 게 아니라 그 내부를 구성하는 계급 체계 자체가 통째로 뽑혀 나갔다.

한마디로 빈 땅이 됐다는 뜻이다. 오크들이 그렇게 만들었기에 이제 다섯 왕국의 영토는 그들의 영토였다.

오크들이 발자스의 명령으로 학살을 그만두자 엄청난 규

모의 이주가 시작됐다.

그곳에 인간들을 놔둘 수 없었기 때문이다. 다섯 왕국에는 각각의 족장을 따르는 20만의 오크 군단이 상주했다.

얼마나 많은 시간을 들여야 살 만한 곳이 될지는 몰라도 그건 그들의 일이지 타인이 관여할 일이 아니었다.

발자스는 족장 하나를 뽑아 10만 오크와 함께 탄트라를 따라 알칸시아 제국과의 경계를 긋는 국경 바깥으로 이동했다.

십이왕국연맹은 사실상 초토화된 거나 마찬가지였다. 북부 펠티온은 대마도사 둘을 잃음으로써 국력이 곤두박질쳤다. 공동으로 키워낸 대마도사조차 없었다면 타국의 먹잇감으로 전락했을 것이다.

사정은 다른 왕국도 별반 다르지 않았다. 제국과의 전쟁은 엄청난 인명 피해를 가져왔다.

앞으로 수십 년은 지나야 회복될 정도로 좋지 않았다. 알칸시아 제국은 퇴각했고 십이왕국연맹은 전쟁의 피해로 다들 자국 내부로 숨어들었다.

바깥에 눈을 돌릴 여유가 없었다. 남이 어떻게 되든 스스로 기득권을 지키려면 내실이 중요하다.

이 전쟁에서 가장 득을 본 나라는 헤르비아 왕국이다. 엄청난 규모의 이주민을 받아들여 인구수가 몇 배로 증가했다.

땅덩이도 과거의 세 배 가까이 넓어져 안정만 된다면 해상

강국이라 불려도 될 만큼 크나큰 발전을 이룩했다.

　더군다나 다섯 왕국에서 물밀 듯이 밀려드는 이주민이 비어 있던 구 헤르비아 왕국의 영토를 채워 나갔다.

　국민들이 사용하던 건축물이 고스란히 남아 있었기에 이주민들에게 편안한 휴식처를 제공했다.

　하사스 쪽에 오크들이 상주했지만, 탄트라가 맺은 조약에 따라 별다른 행동을 취하지 않았다.

　이제 인간들의 전쟁은 거의 막을 내렸고 상처를 회복할 시간만이 필요했다.

　남은 것은 탄트라와 지그문트, 그리고 벨라시온의 마지막 전쟁이었다.

제3장

라이데온과의 만남, 그리고 진실

데메우스 대공은 북부군과 남부군의 전멸 소식을 들은 즉시 라이데온 황제를 데리고 중앙군으로 돌아갔다.

어마어마한 병력이 죽었음에도 제국은 과연 제국인지 데메우스 대공이 합류하자 중앙군의 숫자가 150만으로 늘어났다.

솔직히 북부군은 알칸시아 제국의 속국들로 이루어진 연합군이다. 뼈아픈 손실이긴 해도 제국과는 직접적인 연관이 없었다. 어쩌면 잘된 일일 수도 있다.

속국들은 현재 스스로를 지킬 힘을 잃었다. 이 틈을 타 완벽하게 흡수한다면 적어도 대륙의 절반은 알칸시아 제국의 손에 들어온다.

제국이 실질적으로 받은 피해는 남부군의 40만과 전사한 4명의 마스터였다.

"황제 폐하와 대공 전하께서 드십니다."

척!

중앙군 총사령관 막사로 라이데온 황제와 데메우스 대공이 들어왔다. 자리에 앉아 있던 고위귀족들이 일어나며 예의를 갖췄다.

탁!

라이데온 황제가 총사령관 자리에 앉고 그 옆으로 데메우스 대공이 앉았다. 그에 따라 자리가 한 칸씩 밀려났다.

"보고하라."

데메우스 대공이 말에 중앙군 총사령관 젤딘 공작이 집계된 자료를 읽어 내려갔다.

"지금까지 합류한 북부군의 숫자는 십만가량으로 그들을 제외한 전원이 전사했습니다. 남부군은 그 반절에 해당하고……"

북부군과 남부군을 합하면 100만이 넘는 대군이다. 그런데 두 군단을 통틀어 살아남은 병력이 고작 20만에 불과했다. 몰살당했다는 표현이 정말 딱 들어맞을 만큼 심각한 상황이다.

"오크 군단은?"

"하사스와 벨라간, 프라딘, 라일드, 튤란의 다섯 개 왕국을 함락했습니다."

"움직임은?"

"데헬린과 칼리반을 공격하다가 돌연 진로를 바꿨습니다. 자신들이 함락시킨 왕국 내부에 병력을 배치하고 십만 정도의 군단이 본 국과 십이왕국연맹 사이의 국경을 넘어 대기 중입니다."

십이왕국연맹에는 아직도 알칸시아 제국에서 심어놓은 간자들이 존재했다. 그들은 왕국 곳곳에서 일어나는 정보를 물어다 줬다.

"사실상 전쟁은 종결이군."

데메우스 대공은 전쟁을 이어나가기가 무리라고 판단했다. 십이왕국연맹은 내부에 언제 터질지 모르는 100만 규모의 오크 군단을 품고 있다.

제국이 이를 무시하고 공격해 들어간다면 십이왕국연맹은 물론 오크 군단까지 상대해야 한다.

40만 남부군이 순식간에 쓸렸다. 욕심대로 밀어붙였다가 잘못되기라도 하면 제국은 살아남지 못한다.

"젤딘 공작."

"예! 전하!"

"그대들은 제국으로 돌아가도록 하게."

"전하?"

젤딘 공작이 이해할 수 없다는 듯 고개를 갸웃거렸다. 이대로 돌아가란 말인가?

얻은 것은 하나도 없고 잃기만 한 이대로?

"돌아가서 제국을 안정시키게. 폐하는 내가 모시고 가도록 하지."

데메우스 대공은 조용히 말했다. 듣는 이들은 그 말 속에서 어기기 어려운 카리스마를 느꼈다.

"하오나……."

젤딘 공작의 눈이 라이데온 황제에게로 향했다. 무표정한 얼굴, 무슨 생각을 하고 있는지 알 수 없었다.

"대공의 말대로 돌아가라."

"그러하겠사옵니다, 폐하!"

젤딘 공작을 포함한 십대기사는 내심 데메우스 대공이 무슨 생각을 하는지 알고 싶었다. 그럼에도 꾹 눌러 참았다.

그가 말해주지 않는 이상 물어보는 건 그를 건드리는 일이었다.

"그렇게들 알고 물러들 가게."

고위귀족들이 우르르 막사를 벗어났다. 100만이 넘는 대군을 돌려보내려면 많은 시간이 필요했다. 지금부터 준비하면 며칠 내로 가능할 것이다.

"이것이 최선입니다."

귀족들이 나간 것을 확인한 데메우스 대공이 라이데온 황제를 보며 말했다.

"제국의 능력으로도 제 능력으로도 십이왕국연맹과 오크군단 전체를 상대할 수는 없습니다. 욕심이 능력을 넘어서는 순간, 자멸로 가는 지름길이 될 뿐입니다."

라이데온 황제는 아무런 말도 하지 않고 이야기를 듣고만 있었다.

"정 대륙 통일을 하고 싶으시다면 주변 속국부터 정리하시지요. 땅덩이가 제아무리 넓어도 관리하지 못하면 무슨 소용이겠습니까?"

"알겠습니다."

"대신 삼 황자를 만나게 해드리겠습니다."

"뭐라고요?"

라이데온 황제가 처음으로 반응했다. 그는 말을 듣자마자 흥분했다.

"하지만 폐하께서 원하시는 대로 삼 황자를 죽이는 건 불가능합니다."

"왜요! 외삼촌의 말을 듣고 전쟁을 포기했습니다. 하나쯤은, 하나쯤은 제 소원도 들어줘야 하는 게 아닙니까!"

침착함을 유지하던 라이데온 황제가 버럭 화를 냈다. 대륙 통일을 포기했으니 탄트라라도 죽여 없애야 했다.

"제가 죽길 바라십니까?"

뜬금없는 데메우스 대공의 말에 라이데온 황제가 되물었다.

"왜, 왜 그런 말을 하십니까? 외삼촌이 죽으면 저는 황권을 유지할 수 없습니다."

라이데온 황제는 사방이 적이다. 십대기사도 데메우스 대공을 따르는 거다. 그가 죽으면 반란은 불 보듯 뻔했다. 그리고 라이데온 황제에게는 그 반란을 막을 힘이 없었다.

"지난 세월, 삼 황자는 강해졌습니다. 목숨을 걸면 죽일 수는 있을 겁니다. 그러나 저 역시 살아남는다고 장담하지 못합니다."

데메우스 대공은 탄트라를 보고 느꼈던 힘의 표층만으로 비교했다. 그가 악마가 됐으리라고는 상상조차 못했다.

생각의 범위를 벗어났기 때문이다.

어쨌거나 데메우스 대공에게 탄트라는 더는 비참하게 쫓기던 힘 없는 약자가 아니었다.

"만나시겠습니까? 만나게 해드리는 건 어렵지 않을 겁니다."

통신 수정구를 통해 몇몇 국왕을 타고 타면 탄트라와 연결

될 것이다. 라이데온 황자가 어떻게 결정하느냐에 따라 만나느냐 마느냐가 결정된다.

"저는……."

한참을 고민하던 라이데온 황제가 입을 열었다. 데메우스 대공은 그가 무슨 말을 하든지 간에 그대로 따라줄 것이다.

하지만 그들은 연락할 필요가 없었다. 만나야 할 사람은 언젠가 만나게 마련이듯이…….

탄트라는 이미 그들을 향해 다가오고 있었다.

＊　　　＊　　　＊

탄트라는 발자스와 함께 10만 오크 군단을 이끌고 벨라시온이 나타나리라 예상되는 방향으로 이동했다.

벨라시온은 정체불명의 마도사 집단을 거느렸다. 아마도 그들이 말로만 듣던 암흑마법병단이라 생각했다.

"흠, 키메라 제조법도 터득했나 보군."

"키메라 제조법?"

벨라시온이 훔쳐간 마법 서적은 하나부터 열까지 인간 세상에 퍼져서는 안 될 것뿐이었다.

그중에는 지그문트가 틈틈이 연구했던 키메라 제조법도 포함되어 있었다.

"그냥 살상만 추구하는 전투병기를 만드는 방법이다. 놈이 숨죽였던 세월로 볼 때 그 정도의 준비는 해뒀겠지."

"가장 만들기 힘든 키메라의 수준은?"

"못 만들어. 재료도 재료거니와 비효율적이거든."

벨라시온의 능력이 특출 나도 최고 등급의 키메라는 만들지 못한다. 왜냐하면 마지막 재료에 필요한 게 지그문트의 피와 살이다. 조합 공식 자체가 그에게 맞춰졌기에 다른 걸로는 대체할 수 없었다.

"북부에서 행한 작태로 볼 때 마도사 계열의 중상급 키메라를 대량으로 만든 것으로 보인다."

지그문트의 가정은 정답이었다. 처음 벨라시온은 최고 등급, 혹은 상급 이상의 키메라를 만들려고 했지만 재료에서 포기했다.

이것저것 조합해도 완성은커녕 시간과 자금만 날렸다. 심지어는 악마의 피와 살을 써봤음에도 부작용만 늘어났다.

"마도사 계열이라?"

탄트라가 의문점을 표시하자 지그문트가 곧바로 설명해 줬다.

"숫자가 얼마나 되는지는 몰라도 완벽하게 완성했다면 개개인이 5급 마도사와 비슷하나."

"5급이요?"

이번에는 샤일라스가 놀란 투로 말했다. 5급이면 대마도사의 바로 전 단계다. 만만하게 볼 수준이 아니었다.

"벨라시온에게 주어진 시간으로 계산하면 못해도 오천 이상은 만들었겠지."

지그문트가 오크들을 이용하기로 마음먹은 건 이래서였다. 그들은 최대한 힘을 보존해야 한다.

그 많은 수의 5급 마도사를 죽이려면 어떤 식으로든 힘이 소모된다. 벨라시온이 고작 키메라 몇 마리로 세상을 뒤엎겠다고 할 리가 없었다.

"샤일라스."

"네?"

탄트라가 샤일라스를 불렀다.

"넌 오크들과 함께 벨라시온을 저지하면 된다."

"알겠어요."

탄트라와 지그문트는 만약을 대비해서 보고만 있을 작정이다. 벨라시온은 발자스가 상대한다. 혼자서가 무리라면 그에 따라 생각해 놓은 방편도 존재했다.

"킁킁."

"뭐 하나?"

탄트라는 이동하는 도중 무슨 냄새를 맡았는지 코를 킁킁거리는 발자스를 쳐다봤다.

"대규모의 인간이 모여 있소. 바람이 이쪽으로 불지 않았다면 오크의 후각으로도 맡지 못할 만큼 아주 멀리."

"제국군인가?"

십이왕국연맹과는 멀리 떨어졌다. 이런 지역에서 대규모 병력이 넓게 퍼져 이동 중이라면 인간보다 수백 배나 높은 오크의 후각에 걸릴 가능성도 충분했다.

스윽.

탄트라가 한 발 앞으로 나아갔다.

자신의 배다른 형이자 알칸시아 제국의 황제.

알칸시아 폰 라이데온.

전방에 있는 인간들이 정말 제국군이라면 그도 저곳에 있을 것이다.

"누구도 따라오지 마라."

탄트라는 라이데온과의 만남을 방해받고 싶지 않았다. 이건 타인이 관여할 수 없는 황가의 일이다.

파앙!

에어 점프가 펼쳐지며 그의 육체가 자리에서 사라졌다. 지그문트는 오크들의 진군을 멈추고 자리에서 기다리기로 했다.

*　　　*　　　*

탄트라는 허공에 뜬 상태로 알칸시아 제국군을 관찰했다. 전쟁 물품을 챙기고 막사 등을 걷는 게 퇴각하려는 모습이 역력했다.

"있구나, 라이데온."

오크 대족장 발자스에 버금가는, 차마 인간이 품기에는 너무나도 거대한 기운이 저곳에서 느껴졌다. 틀림없는 데메우스 대공이다. 그가 이곳에 있다면 라이데온 황제도 곁에 있을 것이다.

두근두근!

심장이 떨렸다.

"미련인가?"

인간이었던 탄트라가 지녔던 가장 큰 의문을 풀어줄 존재를 만나볼 수 있다는 생각에 네 개의 데몬 하트가 저절로 떨렸다.

인간의 육체는 오래전에 사라졌다. 한데 대체 왜 반응하는 것일까?

"네놈이 내 마지막 미련이다."

투앙!

콰아아앙!

탄트라가 지상을 향해 떨어졌다. 그가 떨어지는 충격으로 지반이 갈라지며 흙먼지가 사방으로 퍼져 나갔다.

꽝음이 들렸으니 제국군이 알아차리는 건 당연한 일이었다.

"뭐, 뭐야!"

"콜록!"

"사람, 사람? 적습이다!"

땡땡땡땡!

적의 공격이라 판단했는지 종소리가 울리며 제국군이 탄트라를 포위했다. 그럼에도 그는 여유로웠다.

시간이 지날수록 포위하는 병력의 숫자가 늘어났다. 그러나 정작 원하는 사람은 나타나지 않았다.

"길을 터라!"

"헉! 바루스 공작 각하이시다! 길을 터라!"

탄트라를 포위한 병사들의 한쪽 축이 열리며 휘황찬란한 중갑을 착용한 중년 사내가 나타났다. 제국 십대기사의 한 명인 바루스 공작이다.

"그대는 누구요?"

바루스 공작은 무심결에 하늘을 쳐다보다가 탄트라가 떨어져 내리는 걸 발견했다. 그렇기에 다른 이들보다 한발 빠르게 도착할 수 있었다.

"오랜만이군, 바루스 후작. 아! 공작인가?"

탄트라는 바루스 공작을 보자 옛날의 기억이 떠올랐다. 그에 아는 척을 했다.

"날 아시오?"

"이런. 황궁 연무장에서 그대와 싸웠던 기억이 생생한데 나를 기억하지 못하겠나?"

"대체 그게 무슨 말이오?"

바루스 공작은 과거 탄트라가 황자 시절 블레이드 킬러 4단계에 오르고 싸웠던 십대기사였다. 지금은 마스터지만 그 당시는 엑스퍼트 최상급이었다.

"그래, 그럼 이건 어떨까?"

스스스스.

탄트라의 육체가 줄어들며 그의 머리카락과 눈썹, 눈동자 색이 황금색으로 변했다.

인간 상태에 익숙하지 않았을 때는 염색체를 조절하지 못했지만 두 개의 권능을 지니고 한계를 초월한 지금은 원하는 대로 모습을 변화시키는 게 가능하다.

"사, 사, 삼 황자 전하!"

"아직도 날 삼 황자라고 부르나? 놀랍군, 바루스 공작."

바루스 공작이 말을 더듬자 그의 주변에 있던 귀족과 병사들이 눈을 부릅떴다.

제국에서 삼 황자에 관한 이야기를 꺼내면 황권 모독죄로

즉결 처형이다. 그런데 그 당사자가 바로 앞에 나타나다니.

"라이데온은 어디 있지?"

"삼 황자……."

"호오? 데메우스 대공."

탄트라는 문득 들리는 익숙한 소리에 뒤쪽을 쳐다봤다. 그곳에는 놀란 눈빛을 띤 데메우스 대공이 서 있었다.

"어찌 이곳을?"

"어떻게 왔는지가 중요한가?"

"아니외다. 어떻게 왔는지는 중요하지 않소."

데메우스 대공으로서도 어떻게 왔는지는 중요하지 않았다. 어차피 탄트라를 찾으려 했음이다. 그가 제 발로 찾아와 줬다면 오히려 시간을 단축한 셈이다.

"황가의 상징을 찾았구려."

"그렇게 보이게 만들었을 뿐, 이제 내 본질은 인간이 아니다."

데메우스 대공은 부분변화됐던 탄트라의 팔을 떠올렸다. 어떻게 봐도 그건 인간의 팔이 아니었다. 흡사 마수와도 같은 그 모습을 하고 어찌 인간이라 칭하겠는가.

"라이데온은 어디 있지?"

"죽이려는 것이오?"

"처음에는 죽이려고 했지만 생각을 바꿨다. 손을 더럽히고 싶지 않아."

데메우스 대공은 남모르게 안도의 한숨을 내쉬고는 말했다.

"따라오시오. 삼 황자를 기다리고 있으니."

"아니."

스윽.

탄트라가 손가락으로 제국군 주둔지와 가까운 산을 가리켰다.

"저곳으로 데리고 와라. 그놈과 이야기를 나누기에 막사 안은 너무 답답해."

"좋을 대로 하시오. 먼저 가 있으면 내 곧 데려가겠소."

파팟!

탄트라는 더 말하지 않고 모습을 감췄다. 원하는 말을 들었기에 가서 기다리면 되는 것이다.

*   *   *

탄트라는 산 중턱에서 라이데온 황제를 기다렸다. 산과 주둔지의 거리는 기껏해야 1킬로미터였다.

터벅터벅!

가까이서 들리는 발소리가 아니었다. 아직 멀리 떨어졌지만 그럼에도 그에게는 들렸다. 조금씩 소리가 가까워졌다. 그리고 멈췄다.

탁!

탄트라가 소리가 난 쪽으로 몸을 돌렸다.

씨익!

"오랜만이다, 라이데온."

탄트라와 비슷하면서도 눈꼬리가 치켜 올라간 얼굴의 생김새는 그의 배다른 형인 라이데온 황제가 분명했다.

"탄트라……."

라이데온 황제는 탄트라는 보며 연신 불안한 기색을 감추지 못했다. 데메우스 대공이 있음에도 그가 그랜드 마스터에 오른 강자라는 사실은 변하지 않았다.

갑자기 손을 뻗어 공격이라도 하면 난감한 일이 발생한다.

"겁먹었나?"

"다, 닥쳐! 감히! 난 알칸시아 제국의 황제다! 첩의 자식 따위가 나에게 하대를 하는 것이냐!"

발작에 가까운 반발에 탄트라는 아무런 내색도 하지 않았다. 추하디추한 욕망에 물든 인간 본연의 모습을 라이데온 황제가 보여줬다.

"제국의 황제? 그게 뭐 어쨌단 거지? 네가 지금 제국의 황제로서 나에게 할 수 있는 일이 있나? 과거처럼 어쌔신이라도 보내려나?"

"이놈!"

데메우스 대공은 라이데온 황제를 지켜만 봤다. 나이는 중년을 넘어섰건만 정신은 어찌 저리도 어리단 말인가? 왜 과거에서 자라지 못하고 머물기만 한단 말인가?

"네놈과 길게 말을 끌고 싶은 생각은 없다."

탄트라는 궁금했다. 데메우스 대공에게 듣긴 했어도 마계로 돌아가기 직전 그 의문을 풀고 싶었다.

"나에게 어머니가 있다는 사실이 그렇게, 미치도록 부러웠나?"

"누, 누가 그런 소리를? 헛소리다! 개소리하지 마라!"

"데메우스 대공이 헛소리할 사람은 아닌 것 같군."

라이데온 황제가 데메우스 대공을 쳐다봤다.

"내가 말할 수 있는 데까지는 말했습니다. 다음은 폐하께서 하실 차례입니다. 그럼."

"외, 외삼촌 어, 어디를 가시는 겁니까!"

데메우스 대공은 두 형제만 남도록 자리를 비켰다. 멀리 가지는 않는다.

"외삼촌! 이놈이 절 죽일 겁니다! 죽일 거라고요!"

라이데온 황제는 겁이 났다. 탄트라가 자신을 죽일지도 모른다는 압박감이 전신을 짓눌렀다.

"걱정하지 마라. 죽이지 않겠다고 약속했으니까."

"닥쳐! 네놈이 약속을 지킬 리가 없어!"

"난 약속을 어긴 적이 없다."

라이데온 황제는 꼬투리를 잡으려고 탄트라의 어린 시절을 생각했다. 그러나 정말 그의 말마따나 이렇다 할 기억이 떠오르지 않았다.

"세상 사람이 모두 너처럼 사는 건 아니다, 라이데온."

"웃기지 마라! 약하면 먹히는 세상이야! 강한 자가 이기는 게 아니라 이긴 자가 강한 거다!"

"그 표현은 마음에 드는군. 맞는 말이다. 이긴 자가 강한 거지. 그런데 너의 그 말뜻은 어떤 방식으로든 이겼기에 그 자리에 있는 거라고 생각해도 되겠나?"

"그, 그건!"

남을 헐뜯고 모함하고 죽이고를 반복해서 황제의 자리에 올랐다고 저 스스로 말한 꼴이었다.

"무엇을 그렇게 부끄러워하지? 너에 대해 조금이라도 아는 사람은 네가 그런 놈이라는 것을 잘 안다. 입을 막는다고 생각마저 막히는 게 아니다."

"그래, 내가 그랬다. 하지만 난! 부끄럽지 않아! 황제의 자리에 올랐으니까! 죽고 나면 아무 소용없는 거다!"

"이제야 말이 좀 통하는군."

탄트라가 다시금 말했다.

"나에게 어머니가 있다는 것이 부러웠나? 다른 황자에게도 어머니는 있었다. 자, 솔직해질 시간이다."

라이데온 황제는 이미 이성을 잃었다. 탄트라가 그도 모르게 분노의 권능을 주입했기 때문이다. 화가 나고도 제정신을 유지하는 존재는 세상에 없다.

"날, 날! 네놈과 비교했어! 첩도 있는 어머니가 나에게는 없다고!"

"아하?"

결국, 괴롭히게 됐던 이유는 남과의 비교를 견디지 못한 어린아이의 치기였다. 나이가 먹을수록 괴롭힘의 횟수를 줄인 것도 스스로 그런 행동을 했다는 데 부끄러움을 느껴서일 것이다.

"데메우스 대공에게 들었던 이야기라 내심 예상은 했었다. 내가 진심으로 궁금했던 것은……."

탄트라는 데메우스 대공에게 들었던 반쪽을 제외한, 라이데온 황제에게 들어야 하는 다른 반쪽을 꺼냈다.

그리고.

라이데온 황제는 십수 년 전 탄트라를 죽여야만 했던 이유를 말해줬다.

　　　　　*　　　　*　　　　*

　15년 전, 알칸시아 제국 황제 집무실.

　데메우스 대공은 심각한 표정을 지은 채 황제와 황태자 임명식에 관한 이야기를 나눴다.

　"황태자 임명에 관해 의견을 구하고 싶소이다."

　"폐하, 황태자의 자리는 다음 대 황위를 이을 분을 고르는 중요한 사안입니다. 어찌 저에게 그런 말씀을 하시는지요."

　"비록 대공이 라이데온의 외삼촌이라고는 해도 냉철하게 판단해 줄 수 있으리라 여겨서라오."

　데메우스 대공은 어디에도 줄을 대지 않은 중도파 귀족이다. 그럼에도 그 누구도 그를 건들지 못했다. 그랜드 마스터와 척은 지는 건 몰락을 자처하는 일이었다.

　"저는 제 생각을 말할 뿐입니다."

　"암! 대공은 생각만 말하는 것이오."

　스리슬쩍 부채질하는 황제를 보며 데메우스 대공이 살며시 웃었다.

　"황제가 될 만한 그릇은 삼, 오 황자 전하이시옵니다."

　"이유가 무엇이오?"

　"삼 황자 전하는 패왕의 자질을 지니셨습니다. 그 어린 나이에 바루스 후작과 비슷한 경지를 이룩했으며 더불어 아랫사람을 챙길 줄 아는 성정도 같이 지니셨습니다."

"오 황자는 어떻소?"

"삼 황자 전하와는 반대되는 현왕의 자질을 지니셨습니다. 바로 폐하와 같은."

"다른 아이들은 말하지 않으시오?"

데메우스 대공은 굳이 입을 열지 않고 고개만 숙였다. 황제는 그럴 줄 알았다며 말했다.

"맞소! 다른 황자는 성정이 편협하고 잔인하오. 남을 감싸 줄 성격이 아니외다."

"어느 분을 염두에 두시는지요?"

"나 같은 군주가 있었으니, 다른 군주도 괜찮지 않겠소?"

"아."

현 황제는 현왕이다. 오 황자도 현왕의 자질을 지녔다. 다른 군주라면 탄트라를 지칭함이다.

"반발이 심할 것이옵니다."

탄트라는 첩의 자식이다. 첩의 자식이 황제가 된다 하면 고위귀족들이 들고 일어설 것이다.

"대공께서 좀 도와주시구려. 다른 황자에게는 왕의 작위를 내릴 생각이니."

"음, 알겠사옵니다."

스슥.

'들었나…….'

데메우스 대공은 자신이 들어왔던 거대한 문 쪽을 보며 안쓰러운 표정을 지었다. 가빠진 호흡과 행동을 보건대 이 황자 라이데온이었다.

'어쩔 수 없는 일.'

라이데온의 자질로는 알칸시아 제국을 유지하지 못한다.

'오라버니, 라이데온을 부탁해요.'

오래전에 죽은 유일한 여동생이 떠올랐다. 라이데온을 부탁한다는 여동생이.

'걱정하지 마라.'

사적인 감정에 휘말려 제국의 황제가 될 인물을 지지하지는 않을 것이다. 그래도 조카이기에 다른 이들의 칼날에서 무사하게는 도와주려 한다.

*　　　*　　　*

"지금 뭐라고 하셨습니까?"

"탄트라에게 어쌔신을 보냈습니다. 전원 일급 이상으로요."

"삼 황자 전하는 황위를 포기하고 떠났습니다. 그런데도 끝까지 따라붙어서 죽이겠다는 겁니까?"

데메우스 대공의 얼굴에서 노기가 새어 나왔다. 라이데온
은 침을 삼키면서 말했다.

"전! 들었습니다. 아바마마와 외삼촌이 하던 이야기를!"

"알고 있습니다."

"아시겠지요! 그랜드 마스터이니 제 기척을 못 느꼈을 리
가 없지요! 어떻게 조카를 버려두고 피 한 방울 안 섞인 탄트
라를 황태자로 추대하려 하십니까!"

데메우스 대공이 라이데온 황제의 눈을 똑바로 바라봤
다.

"전하는 황태자의 그릇이 못됩니다."

"뭐, 뭐라고요?"

"어떤 황태자가 질투심에 눈이 멀어 사리분별조차 못하고
제 내키는 대로 행동한단 말입니까? 당신께서 제국을 이끌면
얼마 지나지 않아 무너져 내릴 겁니다."

라이데온이 수치심에 부들부들 떨었다. 이건 외삼촌이 조
카에게 할 수 있는 말이 아니었다.

"더 늦기 전에 어쎄신을 물리십시오. 아니면 제가 직접 움
직이겠습니다."

"호, 호호호호! 그럴 수는 없습니다. 아니, 이미 늦었습니
다."

라이데온은 미친 듯 실소를 흘렸다.

"아바마마가 정말 갑자기 돌아가셨다고 생각하십니까?"

"지금 무슨 말을?"

"제가! 제 손으로 죽였습니다! 독을 탔지요. 으하하하! 아주 힘들게 구했습니다!"

채앵!

데메우스 대공이 라이데온의 목에 검을 겨눴다. 그러자 라이데온이 기겁했다.

"외, 외삼촌?"

"네 이놈! 어디까지 나락으로 떨어질 작정이더냐! 그러고도 황제의 자리를 탐하더냐!"

"제, 제가 나쁩니까? 어째서! 그따위 첩의 자식이 황제의 그릇이라는 겁니까!"

뼛속까지 그릇된 생각으로 가득 차서 도무지 말이 통하질 않았다.

하지만 데메우스 대공은 당장 죽여도 모자람이 없을 대죄를 저지른 조카를 차마 베지 못했다. 여동생의 유언이 그의 가슴을 갈기갈기 찢어놨다.

'넌 이럴 걸 알고 그랬던 것이냐? 네 자식 하나 살리자고 모든 이를 고통 속으로 몰아넣자는 것이냐?'

망자에게 아무리 물어봐야 답변은 돌아오지 않는다. 황제가 갑작스레 붕어하고 차기 황태자로 이 황자를 거론했다.

자질은 없어도 데메우스 대공의 혈육이라는 이유 하나만
으로.

'아아, 이 죄를 어찌 갚아야 할까.'

데메우스 대공은 그날, 마음으로 울었다. 눈물을 흘리면서
우는 것보다도 더욱 슬프게.

*　　　*　　　*

"후후! 이제 속이 시원하더냐! 그래 내가 죽였다. 네놈 따
위에게 황위를 주려는 존재는 누구도 필요 없어!"

라이데온 황제를 쳐다보는 탄트라의 눈빛이 차갑게 가라
앉았다. 그는 지금 처음으로 약속을 깨버리려는 생각마저 하
고 있었다.

라이데온 황제가 아바마마를 죽였으리라 예상은 했지만
예상과 현실은 차원이 달랐다.

쿠우우웅!

탄트라를 기준으로 반경 30미터의 지반이 거미줄처럼 갈
라졌다. 그 충격에 라이데온 황제가 엉덩방아를 찧었다.

"아무래도 안 되겠다. 약속을 어겨야겠어."

살려둘 수가 없었다. 죽여야 한다. 처음의 다짐대로 죽여

버리고 끝내야겠다.

"으아아아! 난 알칸시아 제국의 황제다! 이놈!"

퍼어어엉!

탄트라가 가볍게 응축한 블레이드 헬을 라이데온 황제에게 내던졌다. 그는 이미 황가의 상징을 저버리고 붉은 머리카락으로 변해 있었다.

쩌어어어어엉!

라이데온 황제에게 날아가던 블레이드 헬이 산 바깥으로 튕기며 폭발했다. 그 엄청난 굉음에 제국 주둔지에서 소란이 일었다.

"내가 약속을 어겼다고 헐뜯지 말길 바란다."

탄트라가 데메우스 대공을 보며 말했다.

'못 이긴다.'

데메우스 대공은 탄트라의 한 수를 받고 확실하게 알았다. 데헬린 왕국에서 봤던 것보다 몇 배는 강해졌다.

"외, 외삼촌!"

"데메우스 대공은 죽이지 않고 제압하도록 하지. 다만 네놈은 죽어야겠어."

이상하게 아바마마를 죽인 것이나 형제들을 죽인 것이나 이차피 혈육을 죽인 것은 같은 건데도 전과는 달리 말로 표현하지 못할 분노가 유발됐다.

"약속을 지켜주시오, 삼 황자."

"싫다. 저놈만은 죽이겠다."

"나와의 약속이 아니오!"

데메우스 대공은 곧바로 말을 이었다.

"전대 황제 폐하와의 약속을 지켜주시오."

"아바마마와의?"

"그분이 자주 하시던 말씀을 기억하시구려."

탄트라는 기억을 과거로 돌렸다. 그에게는 망각이 존재치 않는다.

'사이좋게 지내야 한단다. 너희는 형제이니.'

"크윽!"

탄트라가 아직 코흘리개였던 시절.

시간 날 때마다 황자들이 모여 있는 곳을 찾아오던 전대 황제가 해줬던 말이다.

"그래서 저 패륜아 놈을 살려주라고? 단지 네놈의 혈육이란 이유만으로?"

탄트라의 말투가 거칠어졌다. 그나마 데메우스 대공을 대하던 예의조차도 사라졌다.

"황위를 물리겠소."

"무슨 말씀이십니까! 황위를 물리다니요!"

데메우스 대공은 라이데온 황제의 말을 무시했다.

"속국으로 시집간 아이란 황녀의 둘째가 현왕의 자질을 지니고 있소이다. 어리지만 내가 도와주면 가능할 것이오."

"외삼촌!"

"큰 누님인가."

아이란 황녀는 황녀 중에서 가장 나이가 많다. 고로 탄트라에게는 큰 누나였다.

"데리고 떠나라. 여기서 꺼져."

"고맙소, 삼 황자."

"삼 황자라고도 부르지 마라. 데메우스 대공 그대도 인간이었던 것이야. 검술은 인간을 초월했을지 몰라도 정신은 아직 인간이야."

데메우스 대공은 탄트라의 말을 부정하지 못했다.

"당장 꺼져."

"언제가 제국으로 돌아오시구려."

"다시는 볼 일이 없을 것이다."

"미안하오. 모두를 대표해서."

파팟!

데메우스 대공이 라이데온 황제를 붙잡고 자리를 피했

다. 탄트라는 멀어져 가는 그의 기운을 느끼며 주먹을 쥐었다.

우드드득!

탄트라가 치미는 분노를 못 이기고 본체로 돌아갔다. 붉은 피부가 터질 듯이 부풀어 오르며 다섯 쌍의 뿔이 돋아났다.

악마왕의 육체를 타고 흐르는 두 권능의 기운이 일어 산을 넘어 제국 주둔지까지 지진이 일어났다.

콰아아앙!

그가 허공으로 날아오르는 반탄력에 작은 동산이 그대로 무너졌다.

—크어어어어어!

포효 소리가 천지를 뒤덮었다. 그것이 탄트라가 인간으로서 지니고 있던 마지막 미련이었다. 그 순간을 기점으로 완벽한 탄트라는 악마로 다시 태어났다.

*   *   *

—크어어어어어!

탄트라의 포효가 직접적으로 미친 범위는 그가 있는 곳 반경 수십 킬로미터까지고 간접적으로는 그 몇 배를 넘어섰다.

그 말은 범위 내에 있던 모든 존재가 그 소리를 들었다는 뜻이다.

"스, 스승님!"

"어찌 이런 기운이!"

산속 깊은 곳에서 휴식을 취하던 벨라시온의 제자들이 저마다 몸을 움츠렸다. 탄트라의 포효에는 그들을 짓누르는 기운이 잠재되어 있었다.

─괜찮다. 기다리고 있어라.

두둥실!

제자들을 안심시킨 벨라시온이 레비테이션을 사용해 상공으로 떠올랐다. 그리고는 소리가 들어온 방향으로 고개를 돌렸다.

─악마의 기운이다. 하지만 누구지? 아크아돈? 아니야. 후작이 낼 수준의 기운을 한참이나 초과했어.

공작급의 악마는 되어야 비슷한 현상을 만들 수 있었다. 그러나 엄밀히 말하면 공작급도 부족했다.

스윽.

벨라시온이 품속에서 동그란 구슬을 꺼냈다. 크기는 그의 주먹 정도로 아주 작은 흰 부분을 제외하면 대부분이 검은색이었다.

─흐흐흐흐! 이것만 채우면 이것만 채우면 된다! 저쯤 되는

존재라면 잔존 마력도 상당할 터!

정체가 뭔지는 몰라도 가까이 다가가면 그에 따라 구슬에 흡수되는 마력이 증가할 것이다.

─얼마 안 남았다. 얼마 안 남았어!

벨라시온은 소리가 들린 곳으로 이동할 준비를 했다.

제4장

디멘션 디바이드

제국 주둔지로 돌아간 데메우스 대공은 다시금 십대기사와 고위귀족들을 소집했다.

그리고는 일정이 바뀌어 같이 떠나는 걸로 정정했다. 그들은 별다른 의심 없이 받아들었다. 같이 가나 따로 가나 그게 그거였기 때문이다.

이미 떠날 준비를 하고 있었기에 번거로운 일은 생기지 않았다. 병사들은 일사불란하게 움직였다. 며칠 뒤 아침에 출발하려면 적어도 마지막에 막사만 철수시키면 될 정도까지 짐 정리를 끝내야 한다.

다행히 병사들은 출발 전날 어둑해지기 직전에 짐 정리를 끝냈다.

언제나 윗사람들은 여유롭고 아랫사람들이 바쁘다. 그들은 잠깐의 휴식시간을 즐긴 다음 야간 순찰대를 남기고는 전원 취침에 들어갔다.

150만 대군의 주둔지라서 그런지 야간 순찰대만 3만이 넘었다. 순찰대는 내부뿐 아니라 외부까지 돌면서 마수나 기타 위협으로부터 주둔지를 보호했다.

아우우우!

"이거 단순히 늑대 울음소리겠지?"

외각 순찰을 하는 병사 하나가 동료를 보며 말했다.

"아니, 너 매드 하운드라고 알아?"

"매드 하운드?"

"하도 별명이 많은 마수라서 뭐라 설명해야 할지는 모르겠는데 가장 대표적으로 불리는 별명은 시체 청소부야."

"시체 청소부?"

순찰하며 지루했던 병사들은 매드 하운드의 이야기나 나오자 안 듣는 척하면서 귀를 기울였다.

"마수 등급은 9급이고 덩치는 송아지만 하거든? 이놈들은 고기면 죽었든, 살았든, 썩었든 그냥 보이는 대로 처먹어. 머리도 마수치고는 상당히 좋고 무리를 지어 다니지."

그는 계속해서 말을 이었다.

"무리 규모는 최소 수십에서 수백까지 다양해. 지금 들리는 이 소리는 늑대가 아니라 매드 하운드의 울음소리야."

"늑대나 매드 하운드나 그게 그거잖아?"

"아니, 그게 아……."

우우우우!

"뭐, 뭐야! 왜 이렇게 가까이서 들려?"

"제길!"

"앞이다!"

으르르르!

외각 순찰대의 정면으로 수백 마리 규모의 매드 하운드가 나타났다. 그나마 순찰대의 병력이 3천 명이라 압도적으로 우세했지만 9급 마수는 잘 훈련된 병사 5~6명이 달려들어도 쉽게 잡지 못할 만큼 강했다.

"숫자는 대략 삼백 마리! 모두 진형을 갖… 어?"

순찰대장이 말을 하려다가 이상한 기분에 주변을 둘러봤다.

파파파팟!

으르르릉!

"말도 안 돼! 포위됐다고?"

순찰대의 전후좌우 전부가 매드 하운드에게 포위됐다. 숫자가 천 단위를 가볍게 넘었다. 까딱 잘못하면 전멸이고 설사 이기더라도 사상자가 넘쳐날 것이다.

"지, 지원을 요청해라!"

푸스스스!

"이, 이게 왜 이러지?"

비상용 폭죽을 터뜨리려고 했던 병사가 불량을 일으키는 폭죽을 보며 당황했다. 그에 몇몇 폭죽을 부여받은 병사가 똑같은 행동을 반복했음에도 소용없었다.

"호각, 호각을!"

삐이이이!

크아아앙!

"호각 소리를 들었으니 곧 올 것이다! 조금만 버티자!"

와아아아!

병사들은 서로 용기를 북돋으며 사기를 끌어 올렸다. 그러나 그들이 전부 죽을 때까지 지원군은 오지 않았다.

*   *   *

"사일런스."

"사일런스."

암흑마법병단은 알칸시아 제국군의 순찰대와 멀리 떨어진

곳에서 수백 중첩의 마법을 사용해 광범위한 사일런스를 걸었다. 그렇기에 그들의 전투 소리가 제국 주둔지까지 퍼져 나가지 않았다.

폭죽 역시 미리 마법을 걸어둬서 쓰지 못하게 해놨다. 현재 외각 순찰대 1만 5천 명이 2만 마리의 매드 하운드에게 잡아먹히는 중이었다.

벨라시온은 북부에서 이곳까지 내려오면서 매드 하운드 무리를 이끄는 수장급 마수에게 지속적으로 세뇌를 걸었다.

어차피 암흑마법병단의 숫자가 워낙에 많아서 마력이 부족할 염려는 없었다.

그가 굳이 매드 하운드를 선택한 이유는 무리를 이룬다는 장점과 이 지역에서 가장 많이 분포되어 발견하기가 쉬워서였다.

세뇌한 매드 하운드는 고작해야 100마리에 불과하다. 그러나 그 100마리가 이끄는 규모는 5만 마리였다.

벨라시온은 탄트라의 포효를 따라 남하하던 제국 중앙군을 발견했고 그들을 죽임으로써 구슬에 모자란 마력을 채워 넣으려 하고 있었다.

―역시 잔존 마력이 상당하군!

탄트라가 본체로 변하면서 뿜어낸 마력이 대기 중에 머물다가 벨라시온의 구슬로 흡수됐다.

찰나의 시간이 지나 흡수가 끝나고 본 구슬은 흰색 점 하나만 남을 만큼 검은색으로 가득했다.

─좋아. 시작해 볼까?

지이이잉!

벨라시온이 세뇌된 매드 하운드들에게 명령을 주입했다. 말로 하는 게 아니라 그가 생각한 바를 고스란히 옮기는 고위 마법이었다.

[주둔지 내부로 들어가서 모든 인간을 죽여라. 너희가 전멸해도 물러서지 마라!]

아우우우!

광범위 사일런스 마법 덕분에 매드 하운드의 포효 소리가 묻혔다. 벨라시온은 그 한번을 끝으로 사일런스를 풀었다. 어차피 전쟁이 시작되면 숨기려도 숨기지 못한다.

두두두두!

5만 마리의 매드 하운드가 모습을 숨기지 않고 주둔지 내부로 침투했다.

삐이이이!

알람에 걸려 경고음이 주둔지로 퍼져 나갔다. 150만 병력과 싸우기에는 적은 숫자였지만 전원 취침 중이라서 미처 대응할 수 없었다.

"끄아아악!"

"으아아악!"

크어어엉!

주둔지가 비명으로 가득 찼다. 수십 명씩 몰려 자는 커다란 막사에 매드 하운드 서너 마리가 들어가면 살아 나오는 사람이 한둘에 불과했다.

우두두둑!

오러를 다루지 못하는 병사들은 속수무책으로 당했다. 그러나 기사들은 달랐다. 그들은 잠결에 달려드는 매드 하운드의 공격을 피하고 목을 잡아 부러뜨렸다.

촤촤촤촤!

막사가 피로 물들고 정성 들여 싼 군장과 전쟁 물자들이 찢어졌다.

난리 통에 잠이 달아난 십대기사가 막사 바깥으로 뛰쳐나왔다. 그리고는 눈으로 봐도 믿지 못할 현상에 분노했다.

"감히! 마수 따위가!"

부아아앙!

쓰거거걱!

그들이 오러 블레이드를 뿜어내며 곳곳으로 흩어졌다.

평소처럼 갑옷을 걸치지도 않았다. 그냥 잘 때 입는 편안한 차림세로 검 하나만을 쥔 채 매드 하운드를 마구잡이로 학살했다.

―확실히 마수만으로는 부족하군.

매드 하운드의 숫자가 워낙에 많아서 잠재우려면 시간이 오래 걸릴 것이다.

―불이 꺼지려 하면 장작을 집어넣어야겠지?

화르르륵!

벨라시온이 수백 개의 파이어볼을 캐스팅했다. 하늘 높은 곳에 있었기에 제국군은 모르는 눈치였다. 그러자 그의 뒤쪽에 있던 암흑마법병단이 그의 행동을 따라했다.

아침이 밝아오는 듯한 착각이 들었다.

제국군은 그제야 하늘을 쳐다봤다. 그리고 자신을 향해 날아오는 수만 개의 파이어볼을 보며 넋을 잃었다.

―대륙에 종말을 고해보자. 크하하하!

퍼어어엉!

콰콰콰쾅!

순식간에 주둔지가 불바다로 변했다. 파이어볼 한 방이면 반경 5미터가 초토화된다.

오러를 다루는 기사들도 정통으로 맞으면 고깃덩어리로 변할 만큼 대단한 위력을 지닌 마법이다. 그런 게 수만 개나 떨어졌다. 전설로나 내려오는 1급 마법 미티어 스트라이크가 이런 모습일 것 같았다.

콰콰콰콰콰쾅!

병사들이 속수무책으로 죽어갔다. 기사 정도는 되어야 마법의 폭격에서 겨우겨우 살아남았다. 제국군의 입장에서는 미칠 노릇이다.

성공에 떠 있는 적들과의 거리가 멀어서 화살이 닿지 않았다. 제국 소속 마법병단이 그들을 공격했지만 방어 결계에 전부 튕겼다.

"제길!"

"살려줘!"

마도사는 대규모 병력을 상대하는 데 특화된 존재다. 더욱이 암흑마법병단은 지그문트에게서 훔쳐낸 키메라 제조법을 바탕으로 완성한 최고의 살인 병기였다. 개개인이 5급 마도사이며 마력 총량은 훨씬 더 높았다.

즈아아앙!

벨라시온이 또다시 마법을 캐스팅하려 할 때 그의 주변 공간이 갈라지며 날카로운 오러가 해일처럼 밀려들었다.

─흐흐! 데메우스 대공!

콰콰콰쾅!

검은색 방어 결계와 오러의 해일이 충돌하며 대기가 흔들렸다.

─마이든, 암흑마법병단을 이끌고 제국군의 십대기사를 상대해라.

"예! 스승님!"

마이든 백작에게 통제권을 넘긴 벨라시온이 자리를 옮겼다. 이곳에서 싸우다가 애꿎은 아군까지 피해를 본다.

스슥.

"벨라시온……."

—오! 데메우스 대공, 오랜만이외다.

벨라시온은 레비테이션을 풀고 데메우스 대공의 정면에 섰다.

후웅!

데메우스 대공이 디멘션 디바이드의 기수식을 취했다. 간단한 차림새에 검만 들었을 뿐인데도 만인을 압도하는 기세를 내뿜었다.

—보자마자 이러기요?

"제국을 공격한 이상 우리가 할 말이 있을까? 그대를 만나면 내 손으로 꼭 죽이고 싶었다네."

—어찌 나와 생각이 그리 똑같소? 나도 그대가 참으로 마음에 들지 않았소. 크크크크!

콰우우우!

데메우스 대공과 벨라시온에게서 방출되는 기운에 대기가 밀려났다. 둘 다 검과 마법의 정점에 오른 자로서 누구보다 강한 자존심을 지니고 있었다.

─시작은 가볍게.

화르르륵!

벨라시온이 손에 헬파이어를 캐스팅해서 데메우스 대공에게 날려 보냈다.

"그따위 것! 갈라주마!"

스아아아!

디멘션 디바이드가 펼쳐지며 헬파이어를 반으로 쪼개 버렸다. 양쪽으로 쪼개진 폭염의 잔재가 데메우스 대공을 지나쳐 폭발했다.

콰아아아아아앙!

─오, 역시! 인간 중에서 헬파이어를 받아낸 존재는 그대가 처음이오.

"모가지가 잘리고도 그리 여유를 부릴 수 있나 보겠다."

데메우스 대공이 벨라시온을 향해 달려갔다.

그리고 본격적인 전쟁이 시작됐다. 어쩌면 대륙전쟁보다도 더 큰 잠재력을 지닌 전쟁이.

*　　　　*　　　　*

지그문트는 먼 곳에서 터지는 헬파이어의 폭발을 보며 벨라시온이 가까이 있음을 느꼈다.

"헬파이어, 대륙에서 이걸 캐스팅할 만한 놈은 벨라시온뿐이다."

이는 지그문트만 본 게 아니라 그와 같이 있던 모든 이가 봤다.

"제국군인가?"

탄트라는 폭발이 발생한 방향이 제국군 주둔지라는 걸 알고는 그곳을 뚫어지게 쳐다봤다.

십대기사와 100만이 넘는 제국군이 있지만 암흑마법병단의 수준이 지그문트가 말한 대로라면 막는다고 장담하지 못한다. 5급 마도사들이 번갈아서 마법을 캐스팅하면 제아무리 숫자가 많아도 쓸려 나간다.

더욱이 벨라시온은 고위 악마와 맞먹는 강함을 보유했다. 그를 상대하려면 데메우스 대공이 나서야 한다.

"어때? 지금 갈까?"

지그문트가 탄트라를 보며 말했다.

"제국군과 암흑마법병단이 맞붙는 중간에 오크들이 뒤섞이면 어떻게 될 것 같나?"

서로가 적이 돼서 편이 없어진다. 오크들은 벨라시온을 상대하려고 데려왔다. 제국군과 싸우면 애써 데려온 의미가 사라진다.

"그럼 공격을 자제하고 지켜보는 정도는?

"괜찮겠군."

일단 벨라시온과 마주하게 되면 그는 도망칠 수 없었다. 지그문트가 마법으로 막아버리면 그들은 고립된다. 그 후부터는 차근차근 하나씩 죽이면 끝난다.

"가지."

탄트라가 움직이자 발자스와 오크 군단도 움직였다. 그리고 그 뒤를 지그문트와 샤일라스가 따라갔다.

＊　　＊　　＊

데메우스 대공의 몸에 생채기가 가득했다. 그는 쉴 새 없이 날아오는 마법을 피하면서 공격할 틈을 노렸다.

퍼퍼퍼펑!

벨라시온은 대마도사를 초월한 존재답게 하급부터 상급까지 다양한 마법을 사용하면서 가까이 다가오려는 데메우스 대공과의 거리를 벌렸다.

―대단하시오. 나를 상대로 이만큼이나 버티다니.

"마도사는 행동보다는 입이군."

공간이 갈라지며 오러의 기운이 벨라시온의 방어 결계를 후려쳤다.

쩌어어어어엉!

디멘션 디바이드가 방어 결계의 뒤쪽 일직선상에 깊은 흔적을 새겼다.

스스스스.

흙먼지가 날리며 서로 간의 시야가 가려졌다. 데메우스 대공은 그 순간을 놓치지 않고 벨라시온의 앞으로 이동했다.

손이 분열되며 검도 분열됐다. 수백, 수백, 수만 개로 분열된 오러가 하늘을 뒤덮으며 상대의 방어 결계에 부딪혔다.

콰콰콰콰!

'이익!'

벨라시온은 방어 결계를 유지하는 데 전력을 기울였다. 더블 캐스팅으로 공격 마법을 날리기는 무리였다. 까닥 잘못해서 정신이 흩어지면 결계가 깨져 육체가 손상된다.

쩌저저적!

껍질이 갈라지듯 방어 결계에 조금씩 금이 갔다. 몰아치는 검의 환영에 버티지 못한 것이다. 손해를 보더라도 빠져나가야 한다.

—크윽! 다크 익스플로전!

콰아아앙!

검은 폭발이 다가오는 검의 환영을 한꺼번에 밀어내며 데메우스 대공의 육체를 집어삼켰다. 벨라시온도 억지로 한 공격에 대한 대가를 치렀다.

촤촤촤촤!

다크 익스플로전을 뚫고 들어온 오러가 그를 몇 번이고 할퀴었다.

타타타탁!

*   *   *

폭발에 휘말렸던 데메우스 대공이 검은 연기 바깥으로 밀려났다. 그의 피부는 화상을 입어 붉게 변해 있었다. 그나마 오러 배리어로 보호했기에 망정이지 그러지 않았다면 녹아죽었다.

채앵!

—이익! 결계가 뚫리다니!

데메우스 대공은 벨라시온의 심리를 한쪽으로 몰아났다. 그는 앞으로 공격보다 방어에 치중할 것이다.

—내 몸에 상처를 내?

"꼭 자신이 뭐라는 되는 양 말하는군."

—인간 따위가!

"그대는 인간이 아닌가? 뭐, 별 관심은 없지만."

—죽어!

파파파팟!

'아직, 아직이다.'

벨라시온의 방어 결계가 점점 견고해졌다. 반대로 공격 마법의 비중은 확실히 줄어서 피하는 게 어렵지 않았다. 데메우스 대공은 하나하나 침착하게 피하면서 마음을 가다듬었다.

"이번에도 내 차례로군."

─그따위 검술! 이제 통하지 않는다! 다크 쉴드! 디펜스 배리어!

벨라시온이 몇 중첩의 방어 결계로 대비했다. 그러나 그것이 데메우스 대공이 원했던 일이다.

"디멘션 디바이드는 공간을 가른다."

지이이잉!

그의 검이 부르르 떨리며 주인의 의지에 응답했다.

"꼭 방어 결계를 칠 필요는 없지."

─뭐? 헉!

벨라시온의 방어 결계 내부에 수십 개의 공간이 열리며 디멘션 디바이드의 오러가 사방을 휘저었다.

츠츠츠츠!

─끄아아아!

절대로 피할 수 없는 공격에 벨라시온의 몸이 난도질당했다. 상상도 못한 한 수였다.

쩌엉!

마도사의 집중력이 풀리면 마법도 풀리게 마련이다. 벨라시온의 방어 결계가 풀림과 동시에 데메우스 대공이 지닌 바모든 힘을 검에 쏟아부었다.

"죽어라, 벨라시온!"

디멘션 스페이스.

육체의 강도를 한계를 극한까지 끌어 올려 공간을 갈라 외부와 단절시키는 디멘션 디바이드의 오의였다. 오로지 데메우스 대공을 위한 영역이다.

―이, 이놈! 끄아아아!

벨라시온의 육체가 조각조각 잘려 먼지로 화했다. 생명체라면 살아남지 못한다.

"후욱! 후욱!"

채애애앵!

데메우스 대공이 기술을 거두자 마치 유리가 깨지듯 공간도 깨졌다. 그리고는 원래의 세상과 하나로 이어졌다.

"이겼구나."

그는 지친 몸을 이끌고 주둔지로 돌아가려고 했다. 아직도 제국군은 마수들과 마도사들의 공격에서 헤어나지 못하고 있었다. 빨리 돌아가서 도와줘야 한다.

잠깐 봤던 마도사들의 수준이 대단히 뛰어났다. 오래 비웠다간 어떻게 될지 모른다.

쿠우우우우우!

―인간, 인간 놈이! 감히! 나를! 네놈 따위가!

그러나 다음 순간, 숨조차 쉬기 어려운 살기가 사방을 잠식하며 죽었다고 생각한 벨라시온의 목소리가 여러 곳에서 들려왔다.

'디멘션 스페이스의 영역에서 살아남았다는 말인가?'

어찌 육체가 사라지고도 죽지 않고 살아남았는지 이해할 수가 없었다.

즈즈즈즈!

먼지로 화했던 벨라시온이 허공에 뜬 채로 점점 형체를 갖췄다. 그런데 로브를 입었던 마도사의 모습은 온데간데없고 검은 연기에 둘러싸인 괴이한 상태로 되살아났다.

"정말 인간이 아니었군."

―인간? 크하하하! 인간 따위를 초월한 지 이미 오래니라!

데메우스 대공이 검을 꽉 쥐었다. 남은 오러의 양이 현저히 부족했다.

"인간 따위를 초월해? 어리석은 벨라시온, 내 기준에서 보는 네놈은 아직도 버러지에 불과하다."

―누구냐?!

벨라시온은 갑작스레 들리는 소리에 이곳저곳을 훑어봤다. 그럼에도 상대를 찾지 못했다.

"정면이다, 버러지야."

파팟!

마법이 풀리며 푸른 머리카락을 지닌 지그문트가 나타났다.

—지, 지그, 지그문트, 지그문트!

콰드드드!

벨라시온의 마력이 요동치자 그가 착용한 데스 본과 다크 스태프가 동조하며 힘을 보탰다. 그럼에도 지그문트는 지루한 눈빛을 지우지 못했다.

"꼴을 보니 패배하고 화풀이하는 어린아이와 다르지 않군."

—지그문트!

"중상급 키메라인가? 오천을 예상했는데 만이로군. 부질없는 짓을 했어."

—닥쳐! 모든 게 네놈을 죽이기 위해서다!

"저런 장난감으로? 이 지그문트를? 후후! 네놈과 나의 수준 차이를 보여주도록 하지."

지그문트가 손을 내뻗으며 주문을 외웠다.

—나와라, 타이탄.

즈으으응!

그가 5천 년 이상을 살며 만들어낸 키메라의 숫자는 상상을 초월한다. 그러나 쓸모없는 것은 죄다 폐기 처분하고 레어 구석에 쌓아뒀다.

아공간에 넣어서 다니는 놈은 오직 하나.

이제는 멸종 직전의, 대륙 전체를 통틀어 5마리밖에 안 되는 싸이클롭스의 선조.

1급 마수 키메라 타이탄을 꺼냈다.

제5장

대결전

우우우우!

시커먼 아공간 속에서 거대한 무언가가 자신의 존재를 알리는 포효와 함께 바깥으로 빠져나왔다.

쿠우우웅!

발이 땅을 살짝 밟았을 뿐인데 지진이 일어난 것처럼 흔들렸다.

서서히 드러나는 타이탄의 모습.

전체적으로 싸이클롭스와 비슷하지만, 머리에 솟은 뿔과 세 쌍의 눈이 위압감을 안겨줬다. 머리부터 발끝까지 50미터가 넘는 괴물이 움직이자 마치 산이 돌아다니는 것 같은 착각마저 들었다.

—크르르르……

타이탄이 붉게 충혈된 눈을 번뜩이며 자신의 주인 지그문트에게 고개를 조아렸다.

"네놈이 훔쳐간 키메라 제조법으로 만들 수 있는 가장 강력한 녀석이다. 아마 재밌게 놀 수 있을 거야."

—크, 크윽!

그토록 만들고 싶었건만 능력 부족으로 포기해야 했던 최고 등급의 키메라였다.

문득 질투심이 솟구쳤다. 누구보다 뛰어난 마법 실력을 지녔다고 자부해도 지그문트에 비하면 태양 앞의 반딧불과도 같았다.

슥슥.

지그문트가 허공에 뜬 채로 타이탄의 머리를 쓰다듬었다.

"저 녀석을 봐라."

타이탄의 심령은 지그문트와 연결된 상태라서 일일이 손으로 가리키지 않아도 된다.

—크으?

세 쌍의 눈동자가 벨라시온을 노려봤다. 그러더니 침을 질질 흘리고 콧김을 뿜어내기 시작했다.

"죽여."

—크어어어어엉!

살기를 듬뿍 머금은 피어가 전장을 휩쓸었다. 그 영향으로 매드 하운드의 세뇌가 저절로 풀리며 게거품을 물고 쓰러졌다. 제국군과 암흑마법병단도 피어에 짓눌려 잠시 움직임을 굳혔다.

지그문트의 손에서 키메라로 재탄생한 타이탄은 기존의 능력보다 반 배가량 월등한 기량을 보유했다. 그렇기에 이미 마수의 수준을 벗어난 초월적 존재였다.

후우우웅!

지그문트가 직접 만들어준 최상급의 아티팩트로 무장한 타이탄이 손에 든 메이스로 벨라시온을 후려쳤다.

—헉!

콰아아앙!

벨라시온은 차마 막을 엄두를 못 내고 하늘 높이 날아올랐다. 목표를 잃은 메이스가 땅을 찍었고 그 충격에 폭삭 가라앉았다.

—크오오오!

타이탄이 메이스를 든 채로 가슴을 두드렸다. 자신이 최고라는 자신감에 찬 행위였다.

—이놈! 다크 스트라이크! 그레이트 빅 핸드!

콰콰콰콰!

검은 광선과 거대한 손이 나타나 타이탄과 충돌하며 폭발을 일으켰다.

—크크크크!

타이탄은 간지럽지도 않은지 벨라시온을 비웃었다.

자체 항마력만으로도 5급 이하의 마법은 모조리 튕겨낸다. 그뿐만 아니라 지그문트에게 강화된 육체와 온몸에 착용한 아티팩트의 힘을 빌리면 3, 4급 마법도 능히 버텨낼 수 있다.

"힘을 아낄 생각은 하지 마라. 난 솔직히 네놈이 타이탄을 이길 것 같다는 생각이 안 들거든?"

—닥쳐! 네놈의 인형! 단번에 부숴주마!

"쯧! 흥분하긴."

화르르륵!

벨라시온의 양손에 각각 냉기의 결정체 블리자드가 캐스팅되며 뜨거운 열기를 발산했다.

—두 방의 블리자드다! 버텨봐라!

막 블리자드가 만들어지고 날리려는 찰나였다.

후우우웁!

타이탄이 숨을 들이마시자 어마어마한 폐활량에 공기가 빨려 들어갔다. 가슴과 배가 빵빵하게 부풀면서 다소 우습게 변했지만 그게 어떤 현상인지 아는 지그문트는 벨라시온의 어리석음을 탓했다.

"너무 멀리 떨어졌잖아?"

콰아아아아아아!

타이탄의 입이 벌어지며 들이마셨던 공기가 한꺼번에 뿜어졌다.

─으, 으아아아!

콰아아아앙!

에어 브레스에 맞은 벨라시온의 방어 결계가 짜부라지며 박살 났다. 또한 충격을 버티지 못한 블리자드가 그 자리에서 터졌다.

그 때문에 냉기의 결정체가 사방을 휩쓸었다. 심지어는 1킬로미터 바깥에서 대기 중인 오크 군단에게까지 영향을 끼쳤다.

"멍청한 벨라시온. 타이탄은 상대와 떨어지면 에어 브레스를 발사한다 이 말이지."

지그문트조차 타이탄을 사로잡을 당시 고생깨나 했다. 그런데 벨라시온은 마력을 아끼려고 대충 상대했다. 이번 일격은 마법 실력을 과신한 결과였다.

끼아아아!

영혼조차 얼릴 냉기의 중심에서 벨라시온이 빠져나왔다. 그의 몰골은 흡사 데메우스 대공의 디멘션 스페이스를 맞았던 때를 보는 듯했다.

─어떻게! 어떻게 마수가!

"인간에게 당하면 인간 따위, 마수에게 당하면 마수 따위, 네놈이 그리 잘난 줄 아나?"

자존심을 뭉개는 지그문트의 말에 벨라시온은 더는 힘을 숨기지 않기로 결심했다. 미약하게 방출되던 데스 본과 다크 스태프의 마력이 전력으로 개방됐다.

드드드드!

"호오? 이 정도까지 모으다니 고생깨나 했겠군."

지그문트는 벨라시온의 변화를 지켜만 봤다. 능히 자작 급 마족에 필적하는 강함이 느껴졌지만 그가 원하는 건 이런 게 아니었다.

"자, 빨리 네가 지닌 마지막 패를 꺼내라."

준비를 철저히 했다면 사전에 막기는 글렀다. 그렇기에 한 시라도 빨리 끝을 보고 싶었다.

*　　　*　　　*

"허허!"

데메우스 대공이 허탈한 웃음을 흘렸다. 어떻게 돌아가는 상황인지 그로서는 판단이 서지 않았다.

전후 과정을 쏙 빼먹고 중간만 보는 꼴이다. 어디선가 나타난 푸른 머리카락의 사내가 괴물을 소환하고 벨라시온과 싸운다는 게 그가 이해할 수 있는 전부였다.

"데메우스 대공."

"사, 삼 황자?"

데메우스 대공은 기척 없이 나타난 탄트라를 보며 말을 더듬었다.

"돌아가라."

"그게 무슨 말이오?"

"벨라시온과 암흑마법병단은 우리가 맡을 테니 라이데온을 데리고 떠나라."

"그럴 수는 없소. 벨라시온은 본 국에 있어 반드시 죽여야 할 대역 죄인이오."

"저 싸움에 끼어들겠다고? 너는 몰라도 병사들을 저 속에 처넣으면 과연 살아남을까? 장담컨대 십대기사가 마수의 발바닥에 밟혀 죽는 진귀한 장면을 보게 될 것이다. 당장 입은 피해에 분해하며 물불 안 가리고 달려들었다간 나중에는 되돌릴 수조차 없게 된다."

탄트라의 말마따나 싸움이 점점 치열해졌다. 그에 따라 행동반경도 넓어졌다. 저러다가 제국 주둔지로 들어가면 끔찍한 일이 발생하리라.

"곧 주둔지에서 암흑마법병단이 철수하고 이곳으로 올 것이다. 그때 빠져나가리."

"저 푸른 머리카락의 마도사와 삼 황자 둘이서 암흑마법병단을 막겠다는 소리요?"

탄트라는 믿지 못하겠다는 투로 말하는 그에게서 고개를 돌렸다. 데메우스 대공도 반사적으로 따라갔다.

"어?"

평범한 인간이라면 볼 수 없는 거리였지만 데메우스 대공에게는 똑똑히 보였다.

험악한 인상에 튼튼한 체구를 지닌 오크 군단이.

"십만 오크 군단이다. 피어 마운틴에 있을 적에 알게 됐지. 저들로 상대한다."

"허… 혹시 남부 지역을 초토화한 오크들이 맞소?"

"맞다."

발자스와 샤일라스는 오크 군단과 후미 쪽에서 대기 중이었다. 상황이 정리되고 그들밖에 남지 않았을 때 나서려 함이다.

"대체……."

"네가 올바른 지휘관이라면 그에 맞는 판단을 내려라."

터벅터벅!

탄트라는 데메우스 대공의 곁에서 멀어졌다. 궁금한 게 많

다는 건 잘 안다. 그러나 그 궁금함을 풀어줘야 할 의무 따위
는 없었다.

＊　　　＊　　　＊

　—크크크크!

　변화를 끝낸 벨라시온은 활활 타오르는 자신의 육체를 보
며 만족스러운 웃음을 흘렸다.

　힘을 얻으려고 인간이기를 포기했다. 하체는 없고 상체만
남아 있는 괴상한 모습임에도 그는 신경 쓰지 않았다. 겉으로
보이는 껍데기 따위에는 관심 없었다.

　스윽.

　벨라시온이 타이탄 쪽으로 손을 내뻗었다. 그러자 검은 기
운이 뭉쳐졌다.

　—다크 임펙트.

　콰아아앙!

　—크오오오!

　쿵!

　가슴 쪽에 충돌한 기운을 못 버틴 타이탄이 뒤로 넘어갔다.
큰 상처를 입었다거나 한 것은 아니었다.

　그러나 어지간한 마법들을 죄다 튕겨내던 조금 전과는 사

못 다른 양상이다.

"안 되겠군."

지그문트가 탄트라를 쳐다봤다. 타이탄 혼자로는 이제 벨라시온을 잡아두지 못한다.

[샤일라스.]

[네.]

[진군해라.]

[알겠어요. 갈게요.]

쿠오오오!

탄트라의 메시지를 들은 샤일라스가 10만 오크 군단을 진군시켰다.

─오크들로 내 암흑마법병단을 막으려 하는가?

"내가 직접 나서기에는 귀찮거든."

─응해주지. 저런 돼지들 따위 전부 죽여주마.

애당초 벨라시온은 오크 군단이 왔다는 걸 눈치채고 있었다. 높은 허공에 있었기에 먼 곳까지 식별이 가능했다.

우우우우!

그가 암흑마법병단을 불렀다. 주인의 부름을 받은 암흑마법병단이 제국군을 견제하며 천천히 물러섰다.

"따라가지 마라!"

주둔지로 돌아간 데메우스 대공은 병력을 추스르고 빠질

준비를 했다. 탄트라의 말마따나 자신을 제외한 병사들이 저 싸움에 휩쓸리면 살아남지 못한다. 벨라시온에게 받은 피해가 뼈아파도 어쩔 수 없었다.

"스승님!"

—마이든, 암흑마법병단을 이끌고 전방에서 다가오는 오크를 모조리 죽여라!

"예! 스승님!"

마이든 백작은 자신의 사형제들과 암흑마법병단을 이끌고 오크 군단을 향해 마주 다가갔다.

—흐흐흐흐! 지그문트! 이제 얼마 남지 않았다!

"네놈 목숨이겠지."

—기다려라. 네놈이 아끼는 타이탄을 죽이고 곧 너를 상대해 줄 테니.

"글세… 내가 이곳에 온 이유는 널 상대하기 위해서가 아니라서 말이지."

지그문트나 탄트라나 벨라시온에게 힘을 쓸 생각은 전혀 없었다.

—타이탄 하나로 날 상대할 수 있다 보는가?

"아니. 하나 더 있다, 네 뒤에."

쿠우우우!

벨라시온은 등 뒤에서 느껴지는 기운에 급히 방어 결계를 펼쳤다.

─다크 쉴드!

쩌어어엉!

작지 않은 충격에 벨라시온이 자신을 공격한 존재를 쳐다봤다.

─오크?

"단단하다."

발자스는 손에서 느껴지는 감촉에 눈살을 찌푸렸다. 가볍게 한 공격도 아니고 제법 힘을 실었건만 상대의 방어 결계를 부수지 못했다. 더군다나 높이 떠 있어서 공격하기도 쉽지 않았다.

─하! 오크가 말도 해?

"바깥세상에서 오크에 대한 인식은 하나같이 똑같군."

발자스가 못마땅하다는 투로 말했다. 오크는 무식한 마수라고밖에 생각하지 않는 건 인간이나 눈앞의 괴물이나 똑같았다.

"내 눈에는 인간이 한심하게 보이는데."

나약한 몸뚱이에 끈기라고는 하나도 없는 정신력.

그것이 발자스가 인간을 볼 때마다 하는 생각이다.

"이곳을 맡기겠다."

발자스가 지그문트를 보며 고개를 끄덕였다. 타이탄과 합쳐 허공에 떠 있는 놈을 죽이면 더는 탄트라의 위협을 걱정하지 않아도 된다.

오크 군단을 향해 가는 이상한 집단이 제법 강해 보였지만 저들의 희생으로 모든 일족이 무사할 수 있다면 그들도 만족하리라 여겼다.

파파파팟!

지그문트가 텔레포트를 사용해 탄트라의 곁으로 이동했다. 이제 둘은 전장에서 빠진다. 나머지는 다른 이들이 알아서 해결할 것이다.

"사전에 미리 차단할 방법은 없나?"

탄트라는 혹시나 해서 물어봤다. 벨라시온이 수를 쓰기 전에 차단할 수 있다면 별다른 고생 없이 일을 마무리 짓는 게 가능하다.

"불가능하다. 저놈이 바보가 아니고서야 미리 차단할 수 있도록 해놨을 리가 없지."

지그문트는 말을 덧붙였다.

"놈이 숨어 있다가 나타난 거라면 이미 소환 준비가 끝났다는 거다. 솔직히 우리는 매개체가 뭔지도 모르잖아?"

탄트라가 알큐라스를 소환하려고 할튼에게 가르쳐 준 소환법은 그의 마법 수준을 고려한 가장 기초적인 방법이다.

꼭 마정석을 이용해서 소환할 필요는 없다. 매개체라는 건

만들 수도 있고 다른 것으로 대체할 수도 있다.

모르긴 몰라도 벨라시온 정도의 고위 마도사라면 기발한 방법을 사용했을 것이다.

콰아아앙!

콰콰콰콰!

"부딪힌다."

탄트라와 지그문트가 동시에 한 방향을 쳐다봤다. 그곳에는 암흑마법병단이 가까워지는 오크 군단을 향해 마법을 캐스팅하고 있었다.

오크 군단도 자신들에게 빗발치는 마법 폭격을 뚫으려고 발악했다. 옆에서 동료가 육편으로 화해도 눈 하나 깜짝하지 않았다.

"오크 군단을 지휘하는 족장 놈과 네 하이엘프 친구가 있으니 어떻게든 될 것이다."

"친구?"

지그문트의 설명에서 고개를 끄덕이는 탄트라가 친구라는 낯선 단어에 의문을 표시했다.

"부하도 아니고, 여자도 아니고, 친구밖에 더 남나?"

"친구라……."

탄트라가 허공으로 떠오르는 벨라시온의 네 제자와 샤일 라스를 보며 친구라는 단어를 되뇌었다.

"나쁘지는 않군."

묘하지만 나쁘지는 않은 기분에 탄트라가 살며시 미소 지었다.

＊　　　＊　　　＊

10만 오크 군단을 지휘하는 나부타가 암흑마법병단의 기세에 자신의 대검을 움켜쥐었다.

샤일라스의 설명에 따르면 저들 하나하나가 오크 일족 상급 주술사와 비슷한 실력이라고 했다.

숫자는 무려 1만.

이만한 규모의 오크 군단을 이끎에도 전멸을 각오해야 할 정도의 전력이다.

"흥분되는군."

나부타의 호흡의 가빠졌다. 그건 다른 오크들도 마찬가지였다. 투쟁이란 그들에게 삶이며 기쁨이자 스스로 살아 숨 쉬고 있다는 증거였다. 당장에라도 달려나가 적들을 찢어발기고 싶었다.

"호각을 불어라."

뿌우우우!

오크 군단의 대형이 서서히 벌어졌다. 전투를 하려면 서로 움직임에 방해가 되지 않을 공간이 필요하다.

"주술사를 상대로 한 곳에 몰려 있는 건 자살행위다."

한 번의 공격으로 수십 이상을 죽일 수 있는 존재들이다. 최대한 거리를 벌려서 적의 전투 효율을 줄여야 했다.

"음……."

나부타가 암흑마법병단의 최선두에서 다가오는 벨라시온의 네 제자를 보며 말끝을 흐렸다. 상당한 수준이다. 네 명이서 동시에 달려들면 그조차도 이길 수 없을 정도로 강한 기운이 느껴졌다.

"오크 군단을 이끄세요. 저들 네 명은 제가 상대하겠습니다."

샤일라스가 한 발 앞으로 나오면서 말했다. 나부타와 같이 상대하면 좋겠지만 그는 오크 군단을 지휘해야 한다.

암흑마법병단의 마법 캐스팅이 시작되면 뚫기가 만만치 않을 것이다.

그러나 나부타라면 능히 그 역할을 해낼 수 있었다.

"좋아, 부탁하지."

쿵!

나부타가 오러를 머금은 거대한 발을 내려찍었다. 사기를 북돋는 그들만의 방식이다.

"오크는! 선공을 양보하지 않는다!"

"크오오오!"

오크들이 저마다 무기를 들고 포효했다. 그리고 얼마 지나지 않아 정적이 찾아왔다.

"선두는 내가 선다!"

크어어엉!

오크 족장의 피어가 터지며 나부타가 암흑마법병단을 향해 뛰쳐나갔다. 그와 동시에 오크 군단도 그를 뒤따랐다.

인간과는 비교조차 할 수 없는 돌진력에 순식간에 거리가 좁혀졌다.

"파이어볼."

"파이어볼."

콰콰콰콰콰콰!

나부타는 오크 군단에게 날아가는 파이어볼을 마구잡이로 후려쳤다. 대검에 맞은 파이어볼이 사방으로 흩어지며 폭발했다. 그가 제일 정면에 있었기에 그를 노리는 공격이 가장 많았다.

퍼퍼퍼펑!

오러를 다룰 줄 아는 오크 전사들이 아군을 보호하며 전진했다. 워낙에 숫자가 많은 관계로 많은 수가 파이어볼에 휩쓸려 죽었지만 그들의 목표는 오로지 암흑마법병단의 전멸이었다.

"선두의 오크가 대장인가?"

"위험하다. 제거하지."

저대로 두면 암흑마법병단이 큰 피해를 당할 것이다. 그러기 전에 막아야 한다.

두둥실.

벨라시온의 제자들이 허공으로 떠올랐다. 강력한 마법을 일시에 쏟아내며 순식간에 죽일 생각이다.

"그럴 수는 없습니다."

우우우웅!

나부타가 돌진할 때 같이 하늘로 솟은 샤일라스가 자신의 존재감을 드러내며 그들의 앞에 나타났다. 그러자 마이든 백작이 제자들을 대표해서 말했다.

"그대, 스승님과 싸웠던 하이엘프인가?"

"스승이란 자가 벨라시온이라면 제가 맞습니다."

샤일라스가 자신임을 밝히자 제자들 사이에서 동요가 일어났다.

"으음!"

"하이엘프!"

"실제로 보기는 처음이군."

그들도 벨라시온에게 들었기에 그녀가 대단한 경지에 오른 대마도사라는 것을 알고 있었다.

'혼자서는 무리다. 최소 두세 명이 합공을, 어쩌면 모두가 달려들어야 할지도.'

마이든 백작이 경우의 수를 계산했다. 암흑마법병단을 지휘해야 하건만 벨라시온은 강적들과 싸우느라 정신이 없었다. 그리고 샤일라스에게서 전력을 뺀다는 자체도 상당히 불안했다.

"자리를 옮기실까요? 이곳에서 저희가 싸우면 서로에게 좋지 않을 테니."

"좋다!"

여러 명의 대마도사가 고위 마법을 난사하면 암흑마법병단과 오크 군단 전체에 피해가 간다. 이는 서로에게 독으로 작용한다.

"따라오세요."

파파파팟!

샤일라스가 좌표를 남기고서 텔레포트로 사라졌다. 마이든 백작을 포함한 제자들도 거부감 없이 그 좌표로 이동했다.

크아아아!

콰콰콰콰!

그들이 사라지고부터 두 세력의 충돌은 점점 심해졌다.

나부타는 위험을 무릅쓰고 암흑마법병단의 중앙까지 혼자서 치고 들어갔다.

표적 순위 1위가 되는 것은 당연했다. 각종 마법이 그에게 쇄도했다. 그럼에도 그랜드 마스터에 발을 걸친 오크 족장답게 압도적인 기량을 선보였다.

"크하하하!"

콰콰콰쾅!

대검이 회전하며 사방에서 떨어지는 마법을 전부 반으로 쪼갰다. 엉킨 수식 때문에 제어력을 잃은 마법들이 적과 아군을 가리지 않고 무자비하게 학살했다.

콰앙!

파이어볼 한 방이 나부타의 등판에 작렬하며 불꽃을 피어올렸다. 그러나 오러로 보호받는 그의 육체를 해할 수는 없었다.

써거거걱!

나부타는 반사적으로 자신을 공격한 암혹 단원의 목을 잘랐다. 그냥 보이는 대로 손에 닿는 대로 모조리 죽였다.

머뭇거림은 사치에 불과하다. 그럴 시간에 하나라도 숫자를 줄여야 한다.

"놈들이 허공으로 뜨지 못하도록 막아라!"

암혹마법병단은 틈만 나면 거리를 벌리려고 뒤로 빠지거나 레비테이션을 캐스팅해 떠오르러 했다.

지능은 부족해도 벨라시온이 주입한 전투 방식에 따르려

는 것이다. 근접해서 싸우는 오크들과는 달리 마도사는 원거리에서 제 능력을 온전히 발휘한다.

"떠오르는 놈들은 주술사들에게 맡겨라!"

카바크가 직접 키운 100마리의 상급 주술사가 오크 군단을 따라왔다. 암흑마법병단의 숫자에는 한참이나 못 미쳐도 활용만 잘한다면 능히 한 축을 담당할 수 있었다.

"오크 전사들은 주술사들을 보호하고 일반 오크들은 놈들을 포위해서 죽여라!"

슈슈슈슛!

암흑마법병단이 주술사들을 위험하다고 판단했는지 오크들을 무시하고 공격을 집중시켰다. 주술사들은 전력의 핵심이다. 목숨을 걸어서라도 보보해야 한다.

난전에 난전이 거듭됐다. 벌써 수만 마리의 오크가 죽고 암흑마법병단도 비슷한 비율로 죽었다.

드드드드!

전장에 광기가 들끓었다. 이제는 말리려고 해도 말릴 수 없었다. 두 세력 중 하나가 사라져야 끝날 전쟁이 조금씩 결과를 드러내고 있었다.

*   *   *

퍼퍼퍼펑!

샤일라스는 벨라시온의 네 제자를 상대로 침착하게 대응했다. 전원이 4급에 오른 대마도사로서 대단한 실력을 지니고 있었다. 피어 마운틴을 벗어나 경험을 쌓지 않았다면 상대할 수 없었을 것이다.

"익스플로전 퓨리."

폭발이 생기며 뜨거운 화염이 퍼져 나갔다. 적들은 그 화염의 범위를 피해 물러섰다.

"버스터 웨이브."

퍼어어엉!

충격파가 터지며 밀려나는 대기에 화염의 더더욱 멀리까지 영향을 미쳤다.

"헉!"

"이, 이런!"

그들이 당황하는 사이에 샤일라스가 실라페를 소환했다.

"실라페! 지금!"

끼루루루!

실라페가 가장 왼쪽에 있던 마도사의 육체를 강제로 구속했다. 그리고 뒤이어 샤일라스도 비슷한 종류의 마법을 캐스팅했다.

"홀드, 아이언 체인!"

"헉!"

대마도사의 항마력을 웃도는 구속력.

샤일라스는 적들을 떨어뜨리려고 일부러 익스플로전 퓨리와 버스터 웨이브를 사용했다.

그리고 그 속임수에 한 명이 걸려줬다.

마도사 자체를 구속하려고 하면 방어 결계에 반사된다. 그러나 막대한 마력으로 방어 결계 자체를 구속하면 그 안의 존재까지 한꺼번에 잡아두는 게 가능하다.

마력 대비 효율은 최악이지만 성과가 있다면 밑지는 장사는 아니었다.

"썬더볼트!"

콰르르릉!

구름을 뚫고 내려온 푸른 벼락이 꽂히며 육체가 구속된 마도사가 비명을 질러댔다.

"끄아아아!"

"칼반!"

"이런!"

칼반이라는 마도사는 방심의 대가로 시커먼 잿더미로 변해 바람에 흩어졌다.

"너……."

마이든 백작의 표정이 일그러졌다. 이토록 쉽게 한 명이 죽다니.

'아슬아슬해.'

지닌 바 마력 총량의 반 가까이 사용하고 나서야 겨우 한 명을 죽였다. 물론 네 명을 상대하는 것과 세 명을 상대하는 건 다르지만 유리하다 볼 수는 없는 처지였다.

"마력을 재고 있군."

마이든 백작은 샤일라스가 줄어든 마력과 자신들을 상대하는 데 필요한 마력을 재고 있다고 생각했다.

스스스스.

마도사들이 삼각 형태로 샤일라스를 포위했다.

그들은 동료처럼 죽고 싶지는 않았다. 그렇다고 전투를 내팽개치고 도망칠 수도 없었다. 벨라시온에게 걸리면 죽지도 살지도 못하게 된다.

콰콰콰콰!

서로 얽히고설키며 나타나고 사라지기를 반복했다. 연속으로 캐스팅되는 블링크가 만들어낸 환영이었다.

"일루전 블링크."

즈즈즈즈!

샤일라스가 수십 명으로 늘어나며 환영 하나마다 각기 다른 마법을 펼쳐냈다.

"판타스틱 매직 페스티벌!"

"2급! 방어 결계를 중첩시켜라!"

마이든 백작은 샤일라스가 2급 마법을 사용하자 기겁하며 사형제들과 한곳으로 모였다.

그리고는 힘을 합쳐 강력한 방어 결계를 몇 중첩이나 전개했다.

퍼퍼퍼펑!

윈드 커터, 파이어볼, 라이트닝 볼트, 에어 버스터, 매직 미사일 등등 마법의 향연이 그들의 방어 결계에 부딪히며 하나하나 깨뜨려 나갔다.

'모, 못 막는다!'

막을 수 있는 한계를 벗어난 충격량에 마이든 백작이 식은땀을 흘렸다. 죽을지도 모른다. 아니, 넋 놓고 바라보다간 백이면 백 죽는다.

"제길! 블링크!"

"헉! 사형! 무슨 짓이오!"

"뭐하는 거요!"

파파파팟!

마이든 백작은 사형제들이 막는 틈을 타서 바깥으로 빠져나갔다.

콰아아앙!

"크아아악! 마이든 이놈!"

"배신자 놈아!"

결국 방어 결계가 깨지고 판타스틱 매직 페스티벌에 휩쓸린 둘은 마이든 백작을 저주하면서 분해됐다.

쿨럭!

마이든 백작이 지상에 내려서서 피를 토했다. 마력의 흐름이 극심한 곳에서 나가느라 마력 역류 현상에 걸렸지만 죽는 것보다는 나았다.

"당신은… 최악이군요."

창백한 안색의 샤일라스가 레비테이션을 풀었다.

마력이 소모되는 상태에서 2급 마법을 썼기에 상당히 지친 상태였다.

"홍! 그 안에 있었다간 나도 죽었을 거다. 네 말은 같이 죽었어야 한다는 건가?"

"생각하기 나름이겠죠."

마이든 백작의 말은 틀리지 않았다. 그렇다고 칭찬해 줄 수도 없는 행동이다. 살려고 한 행동임에도 동료를 버렸기 때문이다.

"레비테이션을 풀다니, 마력이 바닥났군."

"맞아요. 한 톨의 마력도 남지 않았어요. 하지만 당신을 죽일 힘은 있죠."

"큭! 허세인가?"

마이든 백작은 천천히 물러서면서 마지막 남은 마력을 쥐어짰다. 벨라시온의 옆으로 텔레포트 하기 위해서다.

"실라페! 죽이세요! 당장!"

흐름을 느낀 샤일라스가 다급하게 외쳤다.

끼루루루!

윈드 토네이도가 생성되며 마이든 백작의 자리를 휩쓸었다. 그러나 이미 텔레포트를 하고 난 다음이다.

"조금만 빨랐어도……."

샤일라스는 아쉬워하면서 자리에 주저앉았다. 쫓아가고 싶었지만 그럴 기력조차 없었다.

*　　　*　　　*

복부에 커다란 구멍이 뚫린 타이탄이 넘어갔다. 한쪽 팔은 잘렸는지 소멸했는지 보이지 않았다.

강철 같은 육체를 보호하던 지그문트의 아티팩트도 형체를 알아보기 어려울 만큼 찌그러진 상태였다.

쿠우우웅!

타이탄이 지면과 충돌하자 굉음과 함께 흙먼지가 일어나며 시야를 가렸다. 그러나 가려진 시야를 무시하고 격돌하는 두 존재가 있었다.

파파파팟!

발자스가 자신을 향해 쏟아지는 수백 발의 윈드 커터에서 이곳저곳으로 도망 다녔다.

간혹 피부가 베여 피가 새어 나왔지만 방패 역할을 해주는 타이탄이 쓰러졌기에 이러는 게 고작이었다.

슈아아앙!

간간이 오러를 날림에도 벨라시온의 방어 결계에 걸려 제대로 된 타격을 주지 못했다.

—큭!

벨라시온은 레비테이션에 소모되는 마력을 줄이려고 지상으로 내려왔다. 공격 마법과 방어 결계에 들어가는 마력만 따져도 어마어마했다.

제아무리 그라도 강적들을 상대로 트리플, 쿼드러플 캐스팅을 무한정 사용하기는 불가능했다.

"훅훅!"

피에 물든 발자스가 가쁜 호흡을 몰아쉬었다. 한눈에 봐도 쓰러지기 직전이었다. 실제로도 비슷했다.

체내에 남은 오러도 바닥이고 피를 많이 흘려서 정신도 가물가물했다. 오크가 아니라 인간이었다면 벌써 몇 번은 죽고도 남았을 상처였다.

—오크, 오크한테 이런 상처를 입다니.

벨라시온의 모습도 처음과는 사뭇 달랐다. 활활 타오르던 검은 불꽃이 확연하게 줄었으며 캐스팅되는 마법의 급수도 낮아졌다. 이는 몸을 사린다는 증거였다.

어쩔 수가 없었다. 지그문트가 풀어놓은 타이탄은 키메라답게 미친 듯이 달려들었다.

하늘 높이 올라가도 타이탄의 체구와 메이스의 길이가 워낙에 길어서 피하는 데도 한계가 존재했다. 더욱이 멀리 떨어지면 에어 브레스를 뿜어냈기에 일정 거리를 유지해야만 했다.

발자스가 더 지쳤다 뿐이지 그도 그리 좋은 상황만은 아니었다.

"이대로는 위험하다."

오러가 부족해도 그의 육체 능력은 어지간한 암컷 오거와 맞먹는다. 기술까지 가졌기에 그 효율은 더더욱 증가한다.

문제는 오러보다 어질거리는 정신이다. 피가 부족해서 빈혈 증상이 계속해서 생겨났다. 여차하며 정신을 잃고 쓰러질 것 같았다.

'한 방에 모든 걸 건다.'

쾅!

발자스가 할버드를 지면에 박았다. 휘청거리는 몸을 바로잡기 위해서다.

―지쳤구나, 오크여.

"시끄럽다. 무엇인지도 모를 놈아."

하체는 없고 인간과 비슷한 구조의 상체만 연기처럼 피어오른다. 종족이 불분명한 놈에게 정체성을 강조받고 싶지 않았다.

우우우웅!

벨라시온이 일격에 죽일 목적으로 4급 마법 샤프니스 스톰 커터를 캐스팅했다. 적중당하면 육체가 조각조각 나뉘어서 죽을 것이다.

쫘아아악!

발자스가 할버드를 움켜잡았다. 그는 눈으로 식별하지 못할 만큼 미세하게 전신의 근육을 풀어줬다. 기회는 한 번이다. 두 번은 없다.

―죽어라! 미개한 오크 놈아!

슈아아앙!

날카로운 칼날들이 넓은 범위를 차지한 채 날아왔다. 발자스는 그 칼날들을 피하지 않고 정면으로 내달렸다.

파앙!

지면에 박힌 할버드를 뽑아 전력을 다해 던졌다. 크게 회전하며 날아간 할버드에 칼날들이 깨지면서 그가 동과할 공간이 만들어졌다.

스거거걱!

군데군데 생채기가 늘어감에도 신경 쓰지 않고 벨라시온의 앞까지 다가간 그가 할버드를 다시 잡고 위에서 아래로 내리그었다.

쩌어어엉!

"큭!"

―그 정도도 예상치 못했을까?

금이 가긴 했지만 벨라시온의 방어 결계는 견고했다.

스윽.

벨라시온이 손을 들어 발자스의 얼굴로 갖다 댔다. 대단한 마력의 유동이 느껴졌다. 허용한다면 머리통이 날아가 그 자리에서 죽을 것이다.

"충실히 싸웠는데 죽일 수는 없지."

―헉! 너, 너는!

순식간에 그들의 옆에 나타난 탄트라가 벨라시온의 가슴팍에 대고 블레이드 헬을 터뜨렸다.

퍼어어엉!

―크아아악!

연기로 이루어진 벨라시온의 육체가 수백 미터 바깥까지 튕겨 나갔다. 발자스는 죽다 살아난 심정으로 탄트라에게 고마움을 표시했다.

"고, 고맙소!"

"첫 번째 약속을 지킨 보답이다. 두 번째 약속도 알아서 지킬 거라 믿는다."

"지키겠소."

"남은 병력이 있다면 데리고 떠나라. 없다면 알겠지?"

발자스는 고개를 끄덕이고 지친 몸을 이끌고 한 걸음 두 걸음 전장을 벗어났다. 애당초 그의 역할은 여기까지였다.

"슬슬 놈의 한 수가 드러날 시간인가?"

언제 왔는지 지그문트가 탄트라의 옆에서 튕겨 나간 벨라시온 쪽을 쳐다보고 있었다.

암흑마법병단도 거의 전멸이고 제자들도 생사를 알 수가 없기에 이제 그에게 남은 건 하나뿐이다.

"저놈……."

"이제 곧이로군."

탄트라와 지그문트가 멀리 날아간 벨라시온이 행하는 짓을 보며 마음의 준비를 했다.

*   *   *

—끄으으으……

탄트라의 기습을 받은 벨라시온이 남은 마력을 모아 상처를 치료했다. 그리고는 아공간에서 구슬을 꺼내 확인했다.

―됐… 다. 모두 모였… 다!

칠흑빛의 구슬.

그곳에서는 감히 측정하지 못할 어마어마한 마력이 새어 나오고 있었다.

―암흑, 암흑마법병단은?

벨라시온이 암흑마법병단 쪽으로 고개를 돌렸다. 마지막 암흑 단원의 목이 대장으로 보이는 오크의 대검에 잘리는 모습이 보였다. 그것을 지켜보던 벨라시온이 희열에 들뜨며 웃었다.

―크하하하!

파파파팟!

"스승님!"

텔레포트로 샤일라스에게서 도망쳐온 마이든 백작이 그와 가까운 곳에서 나타났다.

―오! 마이든, 다른 녀석들은?

"죄송합니다."

―아니다. 대업이 코앞이다. 이리 오너라.

마이든 백작은 벨라시온의 곁으로 다가갔다.

푸욱!

"커… 억?"

─간단한 주문만 외우면 되는 데도 마력이 부족하구나. 나를 위해 죽음을 영광으로 알아라! 어브솝션!

벨라시온의 손이 마이든 백작의 심장을 움켜쥐고 그의 마력을 흡수했다. 생명력 자체를 흡수했기에 그 양이 제법 많았다.

"어, 어찌, 말도 안······."

푸스스스.

마이든 백작은 채 말을 끝내지도 못하고 한 줌의 가루로 화했다. 아끼는 제자라도 결국에는 만약을 대비한 소모품이었던 것이다.

─크하하하! 소환진은 완성되었도다!

벨라시온에게서 빠져나온 검은 구슬이 암흑마법병단의 시체가 몰려 있는 쪽으로 날아갔다.

그리고.

시체들에게서 변화가 시작됐다.

*　　　*　　　*

마지막 암흑 단원의 목을 자른 나부타가 주변을 둘러봤다.

"나··· 혼자··· 인가······."

암흑마법병단을 전멸시켰지만 10만 오크 군단도 전멸했다.

"아니군… 아무도… 없겠어……."

쿵!

그 말을 남긴 나부타도 숨을 거뒀다. 자잘한 상처들이 쌓이고 쌓여 오크로서도 버티지 못할 출혈량을 만들어냈다.

탄트라가 발자스를 도와주지 않았다면 모든 오크가 죽었을 것이다.

웅웅!

나부타가 죽고 얼마 지나지 않아 벨라시온에게서 빠져나온 구슬이 울어댔다. 그러자 암흑마법병단의 몸이 들썩이며 허공으로 떠올랐다.

아주 자그마한 손톱 한 조각까지도.

구슬의 어둠이 전 방위로 확장되며 암흑마법병단을 빨아들이더니 공간을 일그러뜨렸다.

데몬 게이트.

크다면 크고 작다면 작은 데몬 게이트가 열리며 탄트라에게 익숙한 두 가지 기운을 뿜어냈다.

하나는 고향인 마계의 기운이고.

나머지 하나는……

"나온다."

"이번 일이 끝나면 수백 년은 레어에 처박혀야겠지?"

멀쩡히 이길 생각은 없었다. 운이 좋아도 반죽음 상태를 면

치 못하리라.

우웅우웅!

탄트라와 지그문트가 데몬 게이트의 정면에서 곧 모습을 드러낼 존재를 기다렸다.

쩌릿쩌릿한 기운이 공간을 넘어 이곳에까지 미쳤다. 어찌 보면 아크아돈이 중간계로 소환될 때보다도 초라했지만 악마 소환에 관해 잘 아는 자라면 지금의 현상이 무엇을 뜻하는지 눈치챌 것이다.

너무나도 선명하게 뚫린 어둠의 공간.

공작들도 이리 선명한 공간을 지닐 수 없었다. 오로지 마계를 지배하는 구대마왕에게만 허락되는 특별한 데몬 게이트였다.

파아아앗!

데몬 게이트가 닫혔다. 실제로는 닫힌 게 아니라 닫힌 것처럼 보일 뿐이다.

터벅!

"내가 또다시 중간계의 땅을 밟아볼 줄이야."

소환됐을 것으로 추정되는 검은 머리카락의 존재가 입을 열었다. 그는 탄트라나 지그문트와 같은 인간의 모습을 하고 있었다.

너무나도 여유로운.

마치 나들이를 나온 자의 표정이다.

"아스모데우스."

마계 구대마왕의 한 명이자 먼 옛날 지그문트의 선조인 지레이던에게 패해 마계로 역소환됐던 비운의 악마왕.

욕심과 탐욕을 다스리며 아크아돈이 마계에 있던 시절에는 쳐다도 못 볼 위치에 이른 절대자였다.

스윽.

아스모데우스가 검은자밖에 없는 눈으로 자신에게 말을 건 지그문트와 시선을 맞췄다.

"대충 이야기는 들었다. 지그문트라고? 지레이던의 후손이라지?"

그가 지레이던과 싸웠던 게 벌써 5만 년 전으로 레비아탄의 수명으로도 까마득한 세월이다.

"그런데 내가 소환될 줄 알았다는 느낌이 드는 건 착각인가?."

"알큐라스에게서 들었다."

"웅?"

아스모데우스가 옆에서 끼어드는 탄트라를 보며 고개를 갸웃거렸다.

"아크아돈 후작? 하나, 둘, 셋? 세 개가 섞였어. 하나는 자아를 강제로 잃었고 둘은 융합했나?"

그는 악마왕답게 탄트라의 본질을 보자마자 파악했다.

"여러 가지를 설명할 사이는 아니지만 알큐라스를 먹어치우긴 했지."

탄트라는 그에게 존대를 하지 않았다. 더는 할 필요가 없었다. 물론 아스모데우스도 그런 자잘한 것에는 관심 갖지 않았다.

"중간계에서는 마계의 법이 통하지 않는 걸 이용했군."

"힘을 찾기 위해서였다."

"둘, 둘이라… 예정에 없던 일인데……."

알큐라스가 죽었다는 건 애당초 알고 있었다. 중요한 건 그의 죽음이 아니었다. 지그문트 하나인 줄로만 알고 소환에 응했다. 레비아탄에게는 갚을 빚이 있었기 때문이다.

그런데 예정에 없던 탄트라까지 상대해야 할 판이다.

알큐라스를 먹어치웠다면 권능이 두 개일 것이다. 정상적으로 얻은 힘이 아니라서 기존의 악마왕에 미치진 못해도 얕잡아 볼 수준은 아니었다.

"계약을 어겼군, 벨라시온."

─저, 전하! 아닙니다! 저는 정말 지그문트 하나로만 알고 있었습니다!

상황을 지켜보던 벨라시온이 아스모데우스를 향헤 고개를 조아렸다.

그러나 아스모데우스는 그에게서 원하는 걸 얻으려고 상대를 속이는 욕심과 탐욕을 읽었다.

"속일 존재를 속이거라. 하지만 이번만큼은 들어주도록 하지. 네가 천 년 이상을 모은 이 마력이라면 저 둘을 죽이는 대가로는 충분하니까."

─감사하옵니다!

"우리 둘을 상대로 이길 수 있다고?"

아스모데우스의 말을 들은 지그문트가 노기를 드러냈다. 무시를 해도 정도가 있지.

"해봐야 알겠지만 안 될 것도 없다고 본다, 지그문트."

"폴리모프 해제."

화아아악!

지그문트의 육체가 빛나며 3백 미터 길이의 레비아탄으로 변했다. 거대한 뿔과 날개, 아름다운 푸른 비늘이 그의 모습을 대변했다.

그와 동시에 강대한 마력이 뿜어지며 수킬로미터 반경을 짓눌렀다.

크허허허허헝!

─아쿠아 스페이스.

드래곤 피어를 발산한 지그문트가 아쿠아 스페이스를 펼쳐 자신에게 가해지는 영역 제한을 없앴다.

"작군, 작아. 지레이던은 사백 미터는 족히 됐었는데."

지그문트의 크기를 보며 가소롭게 여긴 아스모데우스가 마력을 개방했다. 인간의 모습이 사라지고 살아 있는 듯 넘실거리는 검은 왕관과 로브를 입은 해골이 나타났다.

이것이 아스모데우스의 본체였다.

─마지막에 웃는 자가 이기는 것이란 걸 잊지 마라!

상대의 비아냥거리는 말투에 화가 난 지그문트는 선공을 양보하지 않았다.

콰아아앙!

둘 다 마법을 주로 익힌 존재이다 보니 원거리 격돌이 주를 이뤘다.

"처음 대륙으로 나왔을 때는 이렇게 될 줄 몰랐다."

피어 마운틴에서 샤일라스를 만나 아크아돈과 융합하고 힘을 되찾기 위해 대륙으로 나왔다.

그의 작은 소망은 마계로 돌아가는 것이었다. 그런데 지그문트를 만나면서부터 일이 꼬이고 꼬여 극단적으로 치달았다.

"내가 선택한 일이니 책임도 내가 져야겠지."

우드드득!

탄트라가 싸움에 끼이들기 위해 본체로 돌아갔다. 그를 뒤에서 받쳐주는 분노와 허무의 권능이 요동쳤다.

—널 죽이고 마계로 돌아가면 좋든 싫든 자리를 차지하겠
군.

고위 악마는 몰라도 신계와 천계와의 균형을 맞추려면 구
대마왕의 자리는 비워두지 못한다.

—가볼까?

파아아앙!

탄트라가 초월자들의 싸움에 끼어들었다.

그러나 그 역시도 초월자 중의 하나란 사실을 잊으면 안 된
다. 세 존재의 힘이 한곳에 격돌하며 무시무시한 파괴력을 발
하기 시작했다.

*　　　　*　　　　*

크로노스.

벨라시온이 소환한 아스모데우스와 그에 맞서 싸운 탄트
라와 지그문트가 벌인 전쟁의 명칭이다.

이 전쟁의 여파로 아르벤드 대륙이 반으로 쪼개졌고, 이후
탄트라와 지그문트를 본 존재는 없다고 전해진다.

제6장

흘러간 세월

아르벤드 대륙력 52591년.

정체불명의 지각변동으로 아르벤드 대륙이 반으로 쪼개지는 기현상이 생겨났다. 사람들은 그것을 신의 분노라 생각하고 크로노스라고 명명했다.

왜냐하면 그 당시 수많은 속국을 보유한 알칸시아 제국이 십이왕국연맹을 상대로 전쟁을 벌였기 때문이다.

차마 셀 수도 없을 만큼의 인명이 희생됐다. 엎친 데 덮친 격으로 지금은 동부대륙 전체를 지배하는 오크 대제국의 선조들이 전쟁의 틈새를 파고들어 십이왕국연맹에 속한 다섯 개 왕국의 영토를 정복한다.

사람들은 공포에 물들었다. 당장에라도 오크들이 대륙을 집어삼키려 한다면 막을 수가 없어서다.

그런데 믿기지 않게도 오크들은 헤르비아 왕국에서 파견된 어느 한 남자와 20년간 불가침조약을 맺었다.

그리고 그 약속을 끝까지 지켰다.

잠시 멈췄던 전쟁은 세월이 흘러 다시금 재개됐고 그 재개된 전쟁에서 살아남았던 일곱 왕국 전체가 1년을 버티지 못하고 무너졌다.

대륙전쟁에서 가장 큰 이득을 본 헤르비아 왕국은 20년간 언제 터질지 모르는 오크들의 준동을 대비했다.

아이언 가드.

헤르비아 왕국과 오크 대제국 사이를 가로막는 거대한 강철의 요새다. 두께만도 15미터에 높이가 40미터 이르는 강철의 성벽에 오크들이 좌절했다.

무슨 짓을 해도 넘을 수가 없었다. 갈 곳을 잃은 피난민들이 오크들을 피해 동부대륙에서 유일하게 살아남은 헤르비아 왕국으로 몰려들었다.

피난민들을 받아들인 헤르비아 왕국은 바다의 섬들을 개발하여 빠르게 영토를 확장시켰다. 그리하여 해상제국으로 발돋움 하게 되고 1,000년이 지난 현재도 그 위용을 여실히 뽐내고 있었다.

*　　　*　　　*

우웅우웅!

수천 개의 마정석으로 만들어진 마법진이 마력을 뽑아내 중앙에 둥둥 떠 있는 붉은 존재에게로 주입했다.

겉모습은 멀쩡해 보이는데 정신을 차리지 못하는 것이 육체적 문제가 아니라 정신적 문제로 보였다.

"벌써 천 년이다. 언제까지 잠만 잘 생각이냐?"

푸른 머리카락의 사내.

그는 1,000년 전 탄트라와 힘을 합쳐 아스모데우스와 일전을 치렀던 지그문트였다. 이곳은 그의 레어인 씨 해저드 심해 깊숙한 곳이다.

"후! 하긴, 반신이 날아갔었으니 오죽하겠느냐만."

지그문트는 한숨을 쉬며 붉은 존재, 탄트라를 보며 말했다. 결국에는 승리했지만 둘 다 심각한 상처를 입었다. 물론 죽을 정도는 아니었다.

"멍청한 놈."

마지막에 탄트라가 단독 행동을 해버렸다. 상황이 상황이기에 어쩔 수 없었다는 걸 이해한다. 그러나 그 단독 행동은 그의 반신을 날려 버리는 결과를 가져왔다.

지그문트도 레어로 돌아오자마자 탄트라에게 간단한 조치를 하고 수백 년간 수면기에 들어갔다.

그 싸움의 여파로 아르벤드 대륙이 반으로 쪼개졌다. 차마 말로 표현하기가 불가능할 만큼 처절하고 치열했었다.

"이미지 크리스탈."

지잉!

투명한 색의 작은 수정 하나가 지그문트의 손 위에 생성됐다. 상대에게 정보를 전달해 주는 기초적인 마법이다. 여러 정신 마법을 사용해 보고 싶지만 조금이라도 간섭이 섞이면 탄트라의 항마력에 통겼다.

그렇다고 강제적으로 했다간 위험한 일이 벌어질 수도 있다. 그나마 이미지 크리스탈은 인체에 해가 없는 마법이라 부담 없이 받아들일 것이다.

"이 수정에는 네가 보면 재밌어 할 정보가 꽤 많이 들어 있다. 글자 형식으로 만들었기에 이해하기 쉬울 것이다. 아! 네 놈이 마지막에 했던 미친 짓거리는 영상이다. 도움이 됐으면 좋겠다.

즈즈즈즈!

이미지 크리스탈이 탄트라의 머릿속으로 늘어가며 모습을 감췄다.

"유희를 떠날 생각이다. 아마 백 년 정도는 돌아오지 않을 것이다. 그러니 그전에 깨어나서 이 레어 좀 나가줬으면 한다."

정말 싫어서 나가라는 게 아니다. 이제 정신을 차리고 본래의 모습으로 돌아왔으면 하는 바람이다.

"행운을 빌지."

파파파팟!

텔레포트를 캐스팅한 지그문트가 레어에서 사라졌다. 그들 정도 되는 존재에게 작별 인사는 무의미하다. 보면 보는 대로, 못 보면 못 보는 대로 물처럼 흐를 뿐이다.

두근두근!

정적이 이는 가운데.

여전히 눈을 감고 있는 탄트라의 심장만이 그 정적에 응답했다.

*　　　　*　　　　*

'나가고 싶다.'

탄트라는 어두컴컴한 공간에서 홀로 서 있었다. 걷고, 걷고 또 걸어도 공간은 끝나지 않았다.

'본체로 변해서 아스모데우스의 뒤를 기습한 것까지는 기

억이 나는데……'

이후로의 기억은 없었다. 생각하려 애를 써도 떠오르지 않았다. 아마도 그것이 이 답답한 공간을 벗어나지 못하는 원인 같았다.

'시간이 얼마나 지났을까?'

시간 감각을 잃어버렸다. 재수가 없으면 수천, 수만 년이 지났을 지도 모른다.

'저게 뭐지?'

밝은 빛이 탄트라에게로 다가왔다. 그는 빛을 향해 손을 뻗었다.

[들리나?]

'지그문트?'

[이게 들리면 네놈의 정신세계에 무사히 들어갔다는 뜻이겠지?]

지그문트의 사념이기에 대화를 나눌 수는 없었다.

[솔직한 심정으로 정신을 강제로 끄집어내고 싶었다. 그러나 잘못해서 미쳐 날뛰기라도 하면 곤란해지니 가장 확률이 적으면서 안전한 방법을 택했다.]

탄트라는 지그문트 하는 말을 유심히 들었다. 그가 장난질이나 치자고 이러지는 않았을 것이다.

[그 크리스탈은 지난 수백 년 동안 내가 잠깐잠깐 인간 세

상에 나가서 수집한 정보로 채워졌다. 보기 쉽게 글자로 적어 놨으니 하나하나 궁금한 게 있으면 찾아서 봐라. 시간은 그날로부터… 천 년이 지났다. 마지막으로 네가 왜 그 꼴이 됐는지는 영상으로 직접 확인해라. 모르긴 몰라도 뇌가 제 기능을 못할 걸? 곤죽이 됐었으니까.]

'신세를 졌군.'

천 년이 지났단다. 그 말은 천 년 동안 지그문트의 보호 아래서 휴식을 취하고 있었다는 말과도 같았다. 목숨을 빚졌다.

[목숨을 빚졌다고 생각하나? 됐다. 아스모데우스와 벨라시온을 처리한 걸로 만족한다. 그리고 나는 유희를 떠난다. 다시 보려면 못 볼 것도 없지만, 글쎄? 그럴 필요는 없어 보이는군.]

각자의 삶을 살아가자는 지그문트의 의사가 탄트라에게 전달됐다.

[행운을 빌지.]

탄트라가 가까이 다가온 크리스탈을 손으로 잡았다. 그러자 방대한 양의 정보가 물밀 듯이 밀려 들어왔다. 그는 그중에서 잡스러운 정보를 걸러내고 필요하다 느끼는 부분만 골라서 읽었다.

아르벤드 대륙력 52591년.

다섯 개 왕국이 오크 군단에게 짓밟히고 벨라간의 드미티스 국왕과 슈린드 공작이 헤르비아 왕국으로 망명했다. 벨라간 전체 인구의 70%가 죽고 30%만이 무사히 빠져나왔고 헤르비아는 그 30%의 인구를 받아들였다.

아르벤드 대륙력 52592년.

드미티스 국왕은 스스로 왕의 자격이 없다면서 왕족의 신분을 버리고 홀로 여행을 떠났다. 그는 떠나기 전 슈린드 공작에게 자신의 가족을 부탁하며 라이레인 여왕이 귀족 권유를 한다면 거절하지 말라고 말했다.

아르벤드 대륙력 52593년.

라이레인 여왕은 슈린드 공작을 포함한 여러 인재에게 귀족 작위를 권유했고 대부분이 이를 수용했다. 그녀는 신분에 얽매이지 않고 철저히 능력 위주로 작위를 정했다. 다만, 드미티스 국왕 일가는 공작으로 대우했다.

아르벤드 대륙력 52594년.

알칸시아 제국의 라이데온 황제가 황위에서 폐위되고 그의 조카이자 아이란 황녀의 둘째 아들이 황위를 이어받는다. 데메우스 대공은 믿을 만한 수하들로 황제를 보필하고 그 자신 역시 10년간 제국의 정세를 안정시키는 데 노력한다.

아르벤드 대륙력 52595년.

서서히 헤르비아 왕국의 정세가 안정되어 갔다. 라이레인 여왕을 보좌하는 근위기사단장이 마스터의 경지에 올라 한층 더 왕권이 강화되는 중요 역할을 했다. 그리고 이 시기부터 오크들을 저지하기 위해 헤르비아 왕국과 오크 군단이 주둔하는 경계 부근에다 아이언 가드를 설치하기 시작한다.

아르벤드 대륙력 52611년.

아이언 가드가 완공되고 몇 년이 지나, 오크들과의 불가침 조약 기간이 완료됐다. 오크들은 기간이 완료되기 무섭게 자신들의 위에 있는 동, 북부의 일곱 개 왕국을 상대로 전쟁을 선포한다. 이 전쟁은 채 1년이 지나기도 전에 끝을 맺는다. 당연히 오크 군단의 승리였다.

아르벤드 대륙력 52612년.

전쟁이 종결되고 또다시 헤르비아 왕국으로 피난민이 몰려왔다. 다만 철저히 대비를 해뒀던 터라 무리 없이 피난민들을 흡수했고 그들에게 무상으로 집과 땅을 제공했다. 헤르비아의 위상은 나날이 높아져 갔고, 과거 데헬린 왕국과 엇비슷한 국력을 보유하게 된다.

아르벤드 대륙력 52615년.

동부대륙 전체를 정복한 오크들이 대제국을 건국하고 헤르비아 왕국을 정벌하려 50만 오크 군단을 진군시킨다. 그러나 아이언 가드에 막혀 성벽을 뚫지 못하고 후퇴한다. 오크 대족장 발자스는 어디선가 나타난 대마도사에게 막혀 도움을 주지 못했다. 그 후로도 몇 번이고 달려들었지만 그때마다 좌절했다.

아르벤드 대륙력 52615~52630년.

헤르비아 왕국이 상어섬에 버금가는 거대한 섬을 발견하고 그곳을 왕국의 영토로 지정한다. 이로써 네 개의 커다란 섬과 백 여 개의 소규모 섬이 헤르비아 왕국에 복속됐다. 그와 동시에 왕국이 제국이 됐으며, 라이레인 여왕은 여황으로 등극하게 된다.

아르벤드 대륙력 52631년.

라이레인 여황의 붕어.

제국의 모든 국민이 삼 일 밤낮을 울었고 그녀의 딸이 황위를 이어받는다.

'인간의 수명을 생각하면 당연한 건가.'

탄트라가 기억하고 탄트라를 기억해 줬던 모든 사람이 죽었다.

데메우스 대공이 그랜드 마스터에 올라 인간을 초월했어도 고작해야 수백 년을 살다가 죽었을 것이다. 지나간 세월을 생각하면 살아 있는 자체가 말도 안 되는 일이다.

'아, 샤일라스가 있구나. 살아 있을까?'

엘프의 수명은 800~1,000년이다. 천 년의 시간을 생각하면 엘프라도 살지 못한다.

'하이엘프의 수명이라면……'

샤일라스는 엘프 일족에 다섯밖에 남지 않은 순수 혈통의 하이엘프다. 수명은 대략 1,800~2,200년 사이다.

그녀와 처음 만났을 때가 900살이 조금 넘었을 시기였다. 어림짐작 계산하면 1,900~2,000살이라는 결론이 난다. 살아 있을 가능성은 충분했다.

'크윽!'

탄트라가 머리를 부여잡았다.

샤일라스를 생각하자 머리가 깨질 듯이 아파져 왔다. 기억이 날 듯 말 듯 흐릿한 뭔가가 계속해서 스쳐 지나갔다. 군데군데 깨졌기에 퍼즐처럼 뒤죽박죽이었다.

'영상.'

지그문트가 이미지 크리스탈에 넣어놨다는 영상이 생각났다.

'이거, 이건가?'

탄트라가 정보의 가장 끝 부분에 위치한 것을 꺼냈다.

화아아악!

그리고 밝은 빛이 뿜어지며 그의 전신을 감쌌다.

*   *   *

콰아아아아아앙!

아쿠아 스페이스를 펼친 지그문트가 물의 권능을 이용해 아스모데우스를 압박했다.

각각이 파이어볼 만한 위력을 지닌 수만 개의 물방울이 한 번에 터지고 해일이 대지를 뒤엎었다.

―제길!

지그문트의 몰골은 처참했다. 네 쌍의 뿔은 전부 부러졌고 날개는 잘린 지 오래였다. 양손에 쥐고 있는 두 개의 씨 하트도 금이 가서 깨지기 일보 직전이었다.

콸콸!

잘린 날개에서 피가 새어 나왔다. 회복 마법을 써도 회복되지 않았다. 아스모데우스의 저주 마법에 당한 후유증이다.

지그문트가 잠시 뒤로 빠져 대충이나마 상처를 치료했다. 정면에서는 탄트라가 아스모데우스를 쫓아다니며 블레이드 헬을 난발하고 있었다. 그는 현재 퓨리오스까지 착용해서 전력을 다하는 중이다.

쩌어어엉!

탄트라의 주먹이 아스모데우스의 마법과 부딪히며 대폭발을 일으켰다.

어지간한 영지 두세 곳을 날려 버릴 정도의 위력이다. 그럼에도 아스모데우스의 방어 결계를 부수지 못했다.

[탄트라, 내가 쓸 수 있는 최강의 마법을 준비하겠다. 버텨다오.]

지그문트가 결단을 내렸다. 비슷하게 싸우고는 있지만 그가 원하는 건 비슷한 게 아니라 이기는 것이다.

그러려면 자잘한 공격 말고 큰 피해를 줘야 할 한 방이 필요하다. 문제는 캐스팅 시간이 굉장히 오래 걸렸다.

[혼자서는, 큭! 오래 못 버틴다.]

퍼어어엉!

[한 시간, 한 시간이면 된다.]

[해보겠다.]

지그문트는 5천 살이 넘은 레비아탄이다. 그런 그가 한 시

간 동안이나 마법 하나를 캐스팅한다 함은 가볍게 여길 일이
아니었다.

콰르르릉!

하늘에서 벼락이 치며 비바람이 쏟아졌다. 그리고 그 쏟아
지는 비바람이 지그문트에게로 모여들었다.

—순순히 놔둘 성 싶은가!

심상치 않은 기운을 느낀 아스모데우스가 지그문트를 향
해 폭격을 가했다.

퍼퍼퍼펑!

—하아!

탄트라가 지그문트의 앞을 막아섰다. 물결처럼 흔들리는
진동이 대기를 사방으로 밀어냈다.

—성가신 놈! 데스 피어!

끼아아아!

수십 마리의 악령이 탄트라를 무시하고 지그문트를 노렸
다.

—여긴 내가 막는다. 퓨리오스, 악령들을 죽이고 와라.

파팟!

탄트라의 육체에서 빠져나온 퓨리오스가 그와 같은 모습
으로 변해 악령들의 뒤를 쳤다.

—성가시군.

아스모데우스는 지그문트의 씨 하트에 모이는 마력을 느끼며 마음이 조급해졌다.

자신과 비교해서 약하다 뿐이지 본질 자체가 약한 건 아니었다. 더욱이 두 개의 권능을 흡수한 탄트라도 상대하기 까다로웠다.

끼아아아!

퓨리오스에게 제거된 악령들이 비명을 지르며 사라졌다. 지그문트를 방해하려고 급히 만든 놈들이라 별로 강하지 않았다.

스스스스.

임무를 마친 퓨리오스가 탄트라에게 돌아왔다. 그러자 그의 기운이 한층 더 강해졌다.

―어쩔 수 없지.

아스모데우스는 중상을 입더라도 지그문트의 캐스팅이 끝나기 전에 죽이기로 했다. 날이 밝아오면서 서서히 떠오르는 태양과 구름이 아스모데우스에게서 뿜어지는 마력에 검게 물들었다.

콰앙!

탄트라가 아스모데우스를 미친 듯이 공격했지만 그는 방어 결계 안에서 차분함을 유지했다.

―둘 다 죽어라! 디스트로이어!

슈슈슈슛

—이런!

어둠으로 물든 범위 전체가 하나의 공간으로 변해 세상과 격리됐다.

마치 데메우스 대공의 디멘션 스페이스를 보는 듯했다. 수준은 비교 자체가 불가능하지만.

콰콰콰콰!

어둠의 공간에서 온갖 종류의 마법이 쇄도했다.

—지그문트!

지그문트는 응답이 없었다. 여전히 눈을 감고 캐스팅에 모든 정신을 집중하고 있었다.

—퓨리오스, 방어 결계를 전력으로 펼쳐라!

—남은 마력 82.2% 전력 전개!

탄트라도 가만있지 않았다.

—쇼크웨이브!

이중으로 펼쳐진 방어 결계가 쇄도하는 마법들과 충돌했다.

콰콰콰콰콰콰!

첫 번째로 펼쳐진 퓨리오스의 방어 결계가 순식간에 투명해졌다.

쩌저저적!

그리고는 조금씩 금이 갔다.

쩌어어엉!

퓨리오스가 깨지고 두 번째로 펼쳐진 쇼크 웨이브가 공격을 막았다.

─크으으윽! 퓨리오스, 아스모데우스를 공격해라!

쇼크웨이브도 깨지려 했다. 그 때문에 탄트라는 퓨리오스에게 명령을 내렸다.

─본인도 아닌 마병을 나에게 보내?

콰아아앙!

퓨리오스는 미처 다가가기도 전에 지상으로 추락했다. 마병이 단독으로 악마왕에게 달려드는 자체가 무리였다.

─모, 못 버틴다!

쩌정!

─그레이트 프로텍트 디펜스.

쇼크웨이브가 깨지기 무섭게 캐스팅을 완성한 지그문트가 1급 방어 마법으로 아슬아슬하게 공백을 메꿨다. 탄트라도 또다시 쇼크웨이브를 펼쳐 아스모데우스의 디스트로이어를 막는 데 성공했다.

─이놈들!

아스모데우스는 디스트로이어를 사용하느라 마력의 30%를 날려 먹었다.

─완성이냐?

─내 곁에서 떨어지지 마라.

포세이돈의 분노.

콰르르릉!

수만 개의 썬더 볼트가 내리치고 수백 미터 높이의 씨 웨이브가 생성되더니 아스모데우스를 집어삼켰다. 그를 보호하던 몇 중첩의 방어 결계가 그대로 박살 났다.

─끄아아아!

콰아아아!

─블레이드 헬.

콰콰콰콰!

탄트라도 가만있지 않고 블레이드 헬을 쏟아부었다. 타격을 입었을 때 몰아쳐야 한다. 지금이 아니면 기회가 없을지도 모른다.

쏴아아아!

산이 깎여 나가면서 울퉁불퉁했던 대지가 평지로 변했다. 그 현상이 눈에 보이지 않는 저 먼 곳까지 미쳤다.

─질기군. 마력도 바닥인데.

─나 역시 포세이돈의 분노로 대부분의 마력이 사라졌다.

아스모데우스는 죽지 않았다. 둘이서 상대하고도 이 정도다. 혼자서 상대했다면 얼마 버티지 못하고 죽었을 것이다.

콰쾅!

—카아아아! 죽여 버리겠어! 혼자서 죽을 수는 없다!

포세이돈의 분노로 형체가 흩어졌던 아스모데우스가 다시
금 모였다. 그가 자신의 근원을 팽창시키자 육체가 **빵빵**하게
부풀었다. 흡사 터지기 전의 공기주머니 같았다.

그것을 본 지그문트가 다급하게 외쳤다.

—자, 자기희생주문! 미친! 당장 이곳을 벗어나야 한다!

파아아앙!

탄트라가 데빌 윙을 생성시켜 먼저 도망쳤다. 지그문트도
레비테이션으로 그를 뒤따랐다. 텔레포트를 할 마력조차 없
었다. 그냥 최대한 물러서야 했다.

콰아아아아아앙!

한계에 다다른 아스모데우스가 터지며 그 폭발이 무섭도
록 확장됐다.

—어?

—저, 저런!

탄트라는 도망치는 중에 마법의 여파가 미치지 않는 곳에
서 휴식을 취하는 샤일라스를 발견했다.

그녀는 점점 다가오는 폭발을 보며 움직이지 않고 있었다.
필시 마력이 바닥난 것이리라.

—먼저 가라.

─죽는다! 죽는다고!

파앙!

탄트라는 지그문트의 말을 무시하고 샤일라스에게 날아갔다. 그에 지그문트는 갈등하다가 몸을 돌렸다. 여기서 죽는 건 개죽음에 불과하다.

"탄트라 님?"

샤일라스 삶을 포기하고 있었다. 저 폭발에서 벗어나는 건 불가능했다. 그런데 탄트라가 눈앞에 나타나자 놀라며 그를 불렀다. 탄트라는 그녀의 말을 무시하고는 껴안았다.

그리고는 도망치려고 했지만 뒤로 빠지면서 가까워진 폭발이 이내 가까이 다가왔다.

─아아아아!

탄트라의 심장 중 세 개가 동시에 뽑히며 검은 방어 결계를 세 중첩이나 만들어냈다.

콰아아아!

곧 폭발이 둘을 집어삼켰고, 그게 탄트라가 기억하는 마지막 모습이었다.

*　　　*　　　*

파아아앙!

마법진이 깨지며 탄트라가 눈을 떴다. 막혀 있던 기억이 돌아오며 그가 자신을 되찾았다.

"꼴좋다."

죽을 뻔했다. 기억은 끊어졌지만 어떻게 살아났는지는 대충이나마 짐작이 갔다.

"하나 남은 데몬 하트가 깨지지 않고 버텨줬나 보군."

데몬 하트는 생명의 원천이다. 하나라도 남아 있다면 오랜 세월을 거쳐 부활할 수도 있었다. 아마도 지그문트가 돌아와서 심장과 육체를 회수하고 마정석으로 생명을 유지해 준 것 같았다.

"퓨리오스."

─천 년 만입니다.

"너도 지그문트의 도움을 받았나?"

─흩어지기 전에 간신이 마력을 주입받아, 정확히 팔백사십사 년 동안 정지해 있다가 깨어났습니다.

퓨리오스는 아스모데우스에게 당하고 땅속 깊은 곳으로 박혀 들어갔다. 어느 정도 피해는 줄었지만 대륙이 쪼개지는 폭발을 버티기엔 무리였다. 흩어지기까지 5분여가 남았을 때 지그문트의 마력으로 겨우 삶을 연장했다.

"마력은?"

─저는 모두 회복됐습니다.

"내가 문제인가……."

네 개의 심장 중 하나가 모자랐다. 천 년이라는 시간도 본래 상태로 돌아오기에는 짧은 듯했다.

"하! 또 반복이군."

같은 과거가 반복됐다. 그런데 이번에는 조금 기분이 색달랐다. 마음이 가볍다고 해야 할까? 그와 비슷한 느낌이다.

"이곳이 어딘지 아나?"

─지그문트가 저에게 기본적인 정보를 주입했습니다.

"녀석답군."

탄트라는 이곳이 어디쯤인지 몰랐다. 퓨리오스에게 주입된 정보가 없었다면 엄청나게 헤맸을 것이다.

"답답하군. 나가자."

─심해 삼천 미터이므로 자체 방어 결계를 전개합니다.

탄트라가 지그문트의 레어를 벗어났다. 무려 1,000년 만의 외출이다.

제7장

라이레인 여왕의 무덤

서부대륙에는 아직도 알칸시아 제국을 필두로 몇몇 왕국이 존재한다. 그러나 동부대륙에는 헤르비아 제국이 유일했다. 나머지 땅은 전부 오크 제국의 영토였다.

오크 제국은 틈만 나면 아이언 가드를 뚫으려고 발악했지만 여의치가 않았다. 아이언 가드는 그 자체로 완벽했으며 언제나 두 명의 마스터와 한 명의 대마도사가 상주했다.

더군다나 현 여황인 헤르비아 폰 라이루스를 보좌하는 근위기사단장은 대륙에 둘밖에 없는 그랜드 마스터였다. 먼 옛날 대륙전쟁을 일으킨 알칸시아 제국의 8할에 달하는 국력을 보유한 나라가 지금의 헤르비아 제국이었다.

* * *

아이언 가드.

이 거대한 강철의 요새는 1,000년이 지나도록 흉악한 오크 제국의 손에서 헤르비아 제국을 보호한 일등공신이다.

이곳을 넘지 못하고 죽어나간 오크만도 수천만 마리는 될 것이다.

"언제 봐도 이 위에서 보는 광경은 장관이란 말이지."

헤르비아 소속 기사는 높은 성벽에서 바라보는 광경에 감탄했다. 드넓은 평원이 광활하게 펼쳐져 있었다. 당장에라도 뛰어나가 자유를 만끽하고 싶지만 꾹 눌러 참았다. 나가는 순간 내놓은 목숨이나 마찬가지였다.

흉악한 그레이트 오크들은 한 마리가 일당백의 전사다. 엑스퍼트 초급의 정식 기사라도 두 마리 이상은 상대하지 못한다. 하물며 전사나 전사장, 대전사는 괴물 중의 괴물이었다.

"응?"

기사는 먼 거리에서 다가오는 물체를 유심히 관찰했다.

"사람? 헌터인가?"

거리가 좁혀짐에 따라 윤곽이 뚜렷해졌다. 사람이 맞았다.

붉은 머리카락을 지닌 거구의 사내였다.

"요 며칠 사이에는 바깥에 나간 기록이 없는데."

기사는 출입자 명단을 살피며 고개를 갸웃거렸다. 들어온 사람은 있어도 나간 사람은 없었다.

[열어라.]

"으헉!"

기사는 뇌리를 울리는 음성에 기겁하며 뒤로 물러섰다. 고개를 돌려 주변을 살폈지만 아무도 없었다.

[밑이다. 성문을 열어라. 열지 않으면 넘어가겠다.]

"서, 설마!"

기사가 고개를 빼꼼히 내밀었다. 붉은 머리카락의 사내가 성문 앞에서 열어주기를 기다리고 있었다.

"다, 당신이 말한 게 맞소?"

[맞으니까. 열어라.]

"자, 잠시만 기다리시오!"

'오, 오러 메시지가 틀림없다!'

경지가 낮아도 정식 기사였다. 오러 메시지가 무엇을 뜻하는지 모르지 않았다.

그는 아이언 가드에 항시 대기 중인 마도사에게 조금 전에 겪은 상황을 말했고 마도사가 빠르게 상부로 보고했다.

"장난하는 건가?"

열리지 않는 성문을 바라보는 탄트라가 짜증을 부렸다. 점점 인내심이 바닥을 드러냈다.

이곳까지 오는데 오크를 수만 마리나 죽였다. 무슨 놈의 숫자가 그리도 많은지 나중에는 피해 다녔다.

빨리 여관을 잡아 휴식을 취하고 싶었다. 그에게 딱히 필요한 행위는 아니지만 인간일 때의 습관이 고스란히 남아 있었다.

"더는 못 참겠다."

파앙!

탄트라가 제자리에서 솟구쳤다. 그는 성벽을 밟고 뛰어오르려고 했다. 뛰어오르기가 무섭게 사방에서 화살과 마법이 쏟아졌다.

"가지가지 하는군."

우웅!

쇼크웨이브가 펼쳐지며 쏟아지는 공격을 퉁겨냈다. 그는 성벽을 밟고 뛰어올랐다.

타탁!

"허헉!"

"지금 나랑 장난하나? 열라고 했을 텐데?"

기사는 심장이 멎는 충격과 함께 엉덩방아를 찧었다. 그 높은 성벽을 오르면서 화살과 마법을 퉁겨낸 탄트라의 존재가 꿈처럼 느껴졌다.

"보, 보고를 해야!"

"본분에 충실했던 건가? 봐주도록 하지."

파팟!

탄트라가 성벽을 뛰어내려 빠른 속도로 이동했다. 기사가 신속하게 보고를 했는지 병력이 몰려오고 있었다.

예나 지금이나 귀찮은 일은 딱 질색이다.

"모습도 바꿔야겠어."

스스스스.

탄트라의 모습이 알칸시아 제국의 삼 황자였던 시절로 돌아갔다. 알칸시아 황가의 상징인 금발과 금안이 나타나며 묘하게 분위기가 달라졌다.

"화폐는 똑같겠지?"

달라졌어도 딱히 상관은 없다. 모양만 다를 뿐, 세월이 지나도 금은 금이고 은은 은이다. 가치는 변하지 않는다.

탄트라는 이곳에서 오래 있을 생각이 없었다.

그냥 라이레인 여왕의 무덤만 보고 곧바로 피어 마운틴으로 향할 예정이었다.

"상어섬까지 가려면 보름 정도 걸리겠군."

무한한 삶을 살아가는 그에게 있어 시간은 무의미했다. 여유를 가지고 헤르비아 제국을 돌아볼 것이다. 그것이 죽은 라이레인 여왕에 대한 예의였으니까.

* * *

　헤르비아 제국 소속 황궁 마도사 다마스 공작은 아이언 가드에서 일어났던 일을 보고 받으며 성벽을 뛰어오른 자의 경지를 짐작해 봤다.

　"상대방의 뇌리에 직접 의사를 전달하려면 마스터가 분명하고 성벽을 뛰어넘으려면 아주 능숙해야 한다."

　붉은 머리카락을 지닌 사내란다. 워낙 짧은 시간에 일어난 일이라 자세한 생김새는 파악하지는 못했다.

　"붉은 머리카락, 크큭! 갑자기 그자가 떠오르는군."

　다마스 공작은 붉은 머리카락을 생각하자 딱 한 사람이 떠올랐다. 그는…….

　"탄트라, 지그문트와 함께 내 꿈을 망친 놈!"

　다마스 공작, 아니, 과거의 벨라시온은 악마왕을 소환하고서도 실패한 계획에 좌절하여 죽으려 했다.

　그러나 그들이 자신이 죽고 기뻐할 모습을 생각하자 피가 거꾸로 솟았다. 그렇기에 소멸 직전에 환생의 비술을 사용했고 그 덕분에 새 삶을 얻게 됐다.

　본래대로라면 몇 년 내로 적당한 육체를 찾았어야 한다. 그런데 너무나도 큰 타격을 받아서 수백 년을 영혼 상태로 떠돌았다. 세월이 흘러 그는 섬 하나를 다스리는 헤르비아 제국의 귀족으로 환생했다.

환생자를 고를 수 없다는 것을 생각하면 운이 좋았다. 벨라시온은 조급해하지 않고 힘을 모았다.

폭발에 휩싸이기 직전 탄트라가 하이엘프를 감싸면서 같이 죽는 모습을 똑똑히 봤다.

기반을 송두리째 잃었지만 지그문트도 마찬가지였다.

"죽은 게 확실해 내가 봤어! 이제는 실패하지 않아!"

똑똑!

"누구냐!"

"다마스 공작 전하! 여황 폐하께서 부르십니다."

"음! 대기하라. 나가겠다."

벨라시온은 옷매무새를 가다듬었다. 과거는 과거고 현재는 현재다. 우선은 이 나라부터 집어삼키는 게 먼저였다.

"흐흐흐흐, 날 막을 자는 없다."

흔히들 착각은 자유라고 말한다. 만약 탄트라가 이곳으로 오고 있다는 것을 알면 그의 표정이 어떻게 변할지 사뭇 궁금했다.

*　　　*　　　*

"폐하, 괜찮으십니까?"

"저는 괜찮습니다, 공작."

라이루스 여황이 근위기사단장 가이오스 공작을 보며 힘 없이 미소 지었다.

"힘들면 말씀하셔도 됩니다. 다마스 공작을 베서라도 폐하의 심기를 안정시키겠습니다."

가이오스 공작이 자신의 검을 잡으며 말했다. 한쪽은 장검이고 한쪽은 단검이다. 그의 가문은 대대로 헤르비아 황가를 수호하는 근위기사단장을 역임했다.

초대 단장은 알파드 공작으로 그의 딸 실리와 결혼한 베르딘이 작위를 이어받았다. 그렇게 흐른 세월과 직책은 가이오스 공작에게로 넘어왔다.

"다마스 공작의 세력이 만만치 않습니다. 내전이라도 벌어지면 제국은 반 토막 날 것입니다."

황제파와 귀족파의 세력은 우열을 가릴 수 없을 만큼 엇비슷했다. 소규모 섬들을 다스리는 중소귀족들은 눈치 보기에만 급급해서 거북이처럼 목을 움츠렸다. 이런 상황에서 내키는 대로 했다간 제국이 무너진다.

"하지만 참는다고 해결될 일도 아닙니다."

벨라시온은 라이루스 여황과 혼인할 생각을 품었다. 공작이라는 신분과 그의 세력이면 불가능한 일은 아니었다.

오크 제국과 국경을 맞대고부터 헤르비아의 국민은 자국 내에서만 제 짝을 찾았다.

이는 여황도 별반 다르지 않았다. 동부 대륙에서 살아남은 나라라곤 제국이 유일한데 어쩌겠는가?

"그것도 그렇네요."

라이루스 여황은 혼기가 꽉 찼다. 그럼에도 매파가 들어오지 않는다. 벨라시온이 사전에 전부 차단하기 때문이다. 그는 귀족파의 수장다운 헤르비아 제국 최고의 권력가다.

라이루스 여황에게 가이오스 공작이 없었다면 진작에 먹혔을 것이다.

"답답하네요. 그곳에 다녀와야겠어요."

"모시겠습니다."

라이루스 여황은 속내가 답답할 때마다 항상 들르는 곳이 있었다. 남들이 볼 때는 꺼림칙한 장소였지만 적어도 그녀에게는 마음 놓고 휴식을 취할 수 유일한 안식처다.

바로 역대 여황들의 무덤이다.

*　　　　*　　　　*

—초대 여황 헤르비아 폰 라이레인.

"오랜만이다."

탄트라가 라이레인 여황의 무덤을 보며 인사를 건넸다. 그는 상어섬을 토벌하고 황궁이 지어지는 과정을 옆에서 지켜봤다. 새로 지어진 곳이라면 몰라도 그렇지 않은 곳이라면 모두 기억하고 있었다.

"강대국을 만들겠다던 꿈을 이뤘구나."

그녀는 모든 국민이 편안하게 살 강대국을 만들겠다고 장담했고 꿈을 이뤘다. 물론 탄트라와 샤일라스가 도와줘서 가능했던 일이지만 어쨌거나 내뱉은 말을 지켰다.

스윽.

탄트라가 아공간에서 잘 가공된 반지 하나를 꺼내 라이레인 여황의 무덤에 올려놨다.

"선물이다. 살아생전 주지 못해서 미안하다."

타탁.

한쪽 무릎을 꿇고 있던 탄트라가 일어섰다.

볼일이 끝났다. 살아 있다면 모르되 죽은 자와의 대화는 간단할수록 좋았다.

"아마 이게 처음이자 마지막일 것이다. 그러니 그 반지를 위안으로 삼아주길 바란다."

이제 피어 마운틴으로 가서 샤일라스를 만나는 일만 남았다. 그리고 그 만남이 길지 짧을지는 몰라도 그것마저 끝나면 마계로 돌아갈 것이다.

드르르룽!

"…이런."

탄트라의 귓속으로 무덤의 문이 열리는 소리가 들려왔다.

이곳은 역대 헤르비아 여황들이 잠드는 안식처였다. 그 말은 들어온 존재가 현재의 여황이나 황족이라는 뜻이다.

문은 하나다. 들어오는 문으로 나가야 하는데 모습을 숨기지 않으면 마주친다.

"만나달라는 거냐?"

하필 이 시기에, 그것도 이 야심한 시각에 그녀의 후손과 마주칠 상황에 직면했다. 그는 그냥 가려다가 움직임을 멈췄다. 두 번은 몰라도 한 번쯤은 만나봐도 나쁘지 않으리라 판단했다.

화악.

라이트 마법이 걸린 랜턴들이 켜지며 무덤을 환하게 밝혔다. 여황들의 무덤답게 깔끔하고 우아하게 치장되어 있었다.

탄트라는 지금까지 어둠 속에서 행동했다. 밝으나 어둡나 상관없었기 때문이다.

"아?"

라이루스 여황은 탄트라를 보며 비명을 지르려다가 입을

막았다. 왜 그랬는지는 모르겠다. 그냥 반사적으로 손이 올라
갔다.

"라이레인의 후손인가?"

오랜 시간이 흘러 탄트라와 라이레인 여황의 후손이 만났
다.

"누, 누구신가요? 여긴 어떻게 들어온 거죠?"

"닮았군, 그녀랑."

탄트라는 당황하는 라이루스 여황에게서 자신을 쫓아다니
던 라이레인 여황을 발견했다. 아무래도 피를 속일 수는 없나
보다.

"소리 지르겠어요."

"그럴 거면 처음부터 지르지 그랬나."

"그건……."

그녀가 반박할 만한 말을 찾으려 하자 탄트라가 손사래를
쳤다.

"됐다. 주인의 허락 없이 들어온 것을 사과한다. 그냥 잠깐
얼굴이나 비추고 가려 했다."

"설마 아까 말한 라이레인의 후손이란 게 초대 여황 폐하
를 말씀하시는 건 아니겠죠?"

그 와중에 그 소리를 듣다니 귀가 제법 밝았다.

"맞다."

"지금 장난하시나요? 그분은 천 년 전의 사람이에요. 지금 스스로 천 년을 살았다고 말하는 건가요?"

탄트라가 모습을 풀었다. 그러자 알칸시아 황가의 상징이 사라지며 머리카락이 붉게 변했다.

"어디서 본 적이 없나?"

라이루스 여황은 탄트라를 살펴봤다. 색이 변하는 것쯤은 마법으로도 가능했다. 그녀는 색이 아니라 그 자체를 보고 있었다.

"이름이 뭔가요?"

"탄트라다."

"탄트라, 탄트라, 탄… 트라?"

그녀가 점점 입을 벌렸다. 그러더니 어딘가의 틈새를 눌렀다.

드릉!

"세상에! 똑같아!"

틈새를 눌러서 나온 건 탄트라를 그려놓은 그림이었다. 라이루스 여황은 그림과 탄트라를 번갈아 보며 입을 다물지 못했다.

"나로군."

"저분의 후손인가요? 그렇죠? 인간이 천 년을 산다는 게 가능하기나 해요?"

"내가 인간이라고 누가 그랬지?"

"네?"

라이루스 여황은 순간 말문이 막혔다. 인간이라고 누가 그러냐고? 그거야…….

"난 한 번도 라이레인에게 내가 인간이라고 말한 적이 없다. 겉모습이 인간이기에 다들 착각했을 뿐."

"그럼 뭐죠?"

"가르쳐 주지 않겠다. 하지만 난 인간이 아니다. 그 때문에 수명이 무척이나 길다."

"전설에 나오는 엘프인가요?"

"비슷하다고 해두마."

탄트라는 그림을 뚫어지게 쳐다봤다. 라이레인 여황은 죽어서도 그를 잊지 못했다.

"미련하구나."

"초대 여황 폐하는 당신이 죽을 줄로만 알았어요."

"나조차도 내가 죽은 줄 알았다. 천 년을 내리 잠만 잤으니까."

라이루스 여황은 탄트라를 세심하게 살펴봤다.

그녀에게 탄트라는 동화책에서나 나올 법한 존재였다. 그가 헤르비아를 위해 이룩한 업적은 실로 놀라웠다. 일기에서나 봤던 그를 실제로 보니 신기하기 그지없었다.

"소원을 하나 들어주도록 하마."

탄트라가 뜬금없이 말했다.

"소원이요?"

"라이레인에 대한 미안한 마음이라고 해두겠다."

"그분을 사랑하지 않으셨나요?"

그녀의 물음에 탄트라는 확실하게 답했다.

"인간으로서라면 몰라도 여자로서는 좋아하지 않았다."

"초대 여황 폐하의 그림을 봤어요. 여자인 저조차도 반할 정도인데 남자가 그걸 견디다니."

"외모가 다는 아니다."

"성격이 일기에 나오는 것과 똑같네요."

"성격은 웬만해서는 변하지 않으니까."

탄트라는 잠시 화제가 돌아간 것을 느끼며 다시금 바로 잡았다.

"소원은 없나? 난 이제 떠나서 다시는 이곳에 오지 않는다."

"소원은 없어요. 고민이 있을 뿐."

"고민을 말해라."

"자국의 일이에요. 저희가 해결하겠어요."

"나 역시 헤르비아의 귀족일 텐데?"

라이레인 여황은 언젠가 필요할지도 모른다며 탄트라에게

공작의 작위를 내렸다. 그것을 증명할 증표도 존재했다. 그리고 황실이 보유한 귀족계보도를 열람해도 탄트라의 이름을 찾아내는 게 가능하다.

"나는 헤르비아의 공작이다. 아니라고 말하고 싶은가?"

"휴!"

라이루스 여황은 한숨을 내쉬었다. 그의 말대로 귀족계보도에는 탄트라의 이름이 기재되어 있었다. 그것도 가장 높은 곳에 말이다.

"내가 얼마나 강한지는 일기에 없나?"

"그랜드… 마스터가 맞나요?"

"넘어선 지 오래다. 어떤 고민이든 무력으로 해결된다면 도와주겠다."

"알겠어요. 말할게요."

라이루스 여황은 탄트라에게 다마스 공작에 관한 일을 풀어놓기 시작했다.

제8장

벨라시온의 최후

"무슨 일이지? 여황이 나와 독대를 청하다니."

며칠 전 제국회의에서 마주 봤기에 당분간은 볼 일이 없을 줄 알았다. 그런데 라이루스 여황이 독대를 청했다.

벨라시온이 그녀의 집무실에 도착하자 지키고 있던 기사가 내부에 보고했다.

"드시지요."

"수고하게."

덜컹!

벨라시온은 고개를 숙이고 들어갔다. 황족이 고개를 들라기 전에는 지켜야 할 예법이다. 무시하려면 무시하겠지만 가이오스 공작이 두 눈을 시퍼렇게 뜨고 지켰기에 문제 생기지 않으려면 따르는 게 좋았다.

"신 다마스가 여황 폐하를 뵙습니다."

"고개를 드세요."

스윽.

'누구?'

라이루스 여황의 옆에는 가이오스 공작이 아니라 처음 보는 타인이 서 있었다.

씨익.

그가 웃자 전신에 소름이 돋았다. 다른 자의 환영이 상대와 겹쳐졌다.

'붉은 머리카락, 붉은 눈?'

부들부들.

낯이 익은 얼굴.

벨라시온의 손바닥에 식은땀이 맺혔다. 그는 분명 죽었다. 죽는 순간을 두 눈으로 똑똑히 봤다.

'닮은 사람이다. 닮은 사람이야.'

벨라시온은 애써 침착함을 유지했다. 세상에 닮은 사람은 많다.

"다마스 공작을 부른 이유는 제국회의에서 나온 사안을 바

꿀 생각이 없는지에 대해 묻기 위해서예요."

"소신이 바꾸고 싶어도 다른 귀족들이 반발할 게 뻔합니다. 이는 제국을 위해 꼭 필요한 일이니 허하여 주시옵소서."

"휴! 알겠어요. 시간을 뺏었군요. 미안합니다."

"아닙니다. 소신 물러나겠습니다."

꿀꺽!

벨라시온은 다시금 고개를 숙이고 물러났다. 돌아 나가는 그를 보며 라이루스 여황이 말했다.

"어떤가요?"

"재미있어. 지그문트가 알면 기뻐하겠군."

"무슨 말이에요?"

"죽이겠다."

라이루스 여황이 눈을 크게 떴다. 탄트라가 저리 대놓고 말할 줄은 상상도 못했다.

"내, 내전이 일어나요! 제국이 무너질 수도 있어요!"

"저놈이 죽으면 귀족파가 무너지는데 내전이 일어날 것 같나? 온갖 이권으로 뭉쳐진 집단은 이권을 보장해 줄 존재가 사라지면 각자 갈 길을 찾아간다. 한 가지를 알려주마. 내전이 두려워서 썩은 환부를 끌어안다가는 전체가 썩는다. 잘라낼 때는 가차 없이 잘라내야 한다. 적을 내부에 품는 것만큼 위험한 일은 없다는 걸 명심해라."

"다마스 공작은 제국 최고의 대마도사예요. 그랜드 마스터 인 가이오스 공작조차 상대하기 꺼려해요. 죽이려 했다가 실패하면 그때는 정말⋯⋯."

벨라시온은 헤르비아 제국에서 2급 대마도사로 살아가는 중이다. 라이루스 여황으로선 걱정되는 게 당연했다.

"1급에 오른 마도사라도 날 이기지 못한다. 네가 생각하는 잣대로 나를 재지 마라. 아무튼 이것으로 라이레인에 대한 빚을 지우겠다. 그럼."

파팟!

탄트라가 라이루스 여황의 집무실을 나가면서 퓨리오스에게 물었다.

"어떻지?"

─일치율 99.9%. 벨라시온이 확실합니다.

탄트라는 다마스 공작을 보자마자 익숙한 기운을 느꼈다. 그래서 퓨리오스와 함께 그의 내부를 스캔했다. 그 결과, 신기하게도 죽은 줄만 알았던 벨라시온으로 판별됐다. 참으로 기가 막힌 우연이다.

"질긴 놈."

상대의 인간성을 보고 죽일지 말지를 정하려 했는데 이제는 필요 없었다. 무조건 죽어야 한다.

"위치는?"

―동북 방향 일 킬로미터, 이동 중입니다.

"좋군."

탄트라는 퓨리오스의 안내를 받으며 천천히 이동했다. 어차피 독 안에 든 쥐였으니까.

*　　　*　　　*

라이루스 여황을 만난 벨라시온은 자신의 연구실로 들어갔다. 연구실에는 몇 중첩의 결계를 설치해서 그가 아니라면 출입이 불가능했다.

"탄트라? 아니야! 죽었다고!"

그는 이 상황이 두려웠다. 그가 탄트라가 맞다면 죽는 건 시간문제다. 벨라시온이 아공간에서 두터운 책을 꺼냈다. 지그문트에게서 훔쳐낸 키메라 제조법이다.

"지그문트의 피와 살을 내가 어떻게 얻었는데! 아닐 거야! 하늘이 나를 이렇게 저버릴 리가 없어!"

그는 지그문트가 아스모데우스와의 싸움에서 흘린 피와 살을 목숨을 걸고 얻어냈다. 위험했지만 이룩한 성과를 생각하면 아무렇지도 않았다.

"조금만, 조금만 더 하면 완성할 수 있다."

재료는 모두 모았다. 시간만 들이면 지그문트가 만들었던 키메라 타이탄보다도 강력한 놈을 만들어내는 것도 꿈이 아니다.

"우연의 일치치고는 공교롭다는 생각이 들어."

"누, 누구냐!"

벨라시온이 뒤쪽에서 들리는 소리에 기겁하며 고개를 돌렸다. 그곳에는 붉은 머리카락의 사내 탄트라가 그를 보며 웃고 있었다.

"너, 너는!"

"벨라시온, 아직도 살아 있나?"

"죽었는데, 분명히 죽었는데!"

"죽지 않았다. 지그문트가 살려줬지."

"지그문트!"

지그문트의 이름이 나오자 벨라시온에게서 살기가 뿜어져 나왔다.

그런데 약했다. 과거와 비교하면 현저하게 약했다.

탄트라가 약해진 것처럼 그도 죽음을 겪고 모든 걸 잃으면서 바닥으로 곤두박질쳤다.

"약해졌군. 하품이 나올 정도로."

"네놈들 때문이다! 네놈들이 모두 망쳐놨어!"

"그만하지. 이런 쓸데없는 대화는 시간 낭비에 불과하다."

쿵!

탄트라가 블레이드 킬러를 전개했다. 지금이라면 손쉽게 죽일 수 있다.

"어, 어떻게 이곳을 알았지?"

"가까이 접근하니 퓨리오스가 저절로 반응하더군."

"크윽!"

"그만 죽어."

콰아아앙!

벨라시온이 탄트라에게 마법을 날리고는 바깥으로 도망쳤다. 그러나 퓨리오스의 결계가 전방위에 펼쳐져서 멀리 갈 수는 없었다.

"죽을 수 없어! 죽을 수 없다고!"

추하디추한 발악.

벨라시온은 죽기 싫었다. 조금만 더 노력하면 원하는 성과를 이룩한다. 그리되면 과거의 설욕을 되갚아주게 된다. 이리 허망하게 가는 건 말도 안 된다.

푸욱!

"꺼어어억!"

벨라시온의 심장을 꿰뚫은 탄트라가 그의 내부로 퓨리오스를 침투시켰다.

인간이기를 포기한 놈이다. 필시 다른 안배도 해놨을 것이다.

―끊임없이 움직이는 물체 확인.

빠직!

"끄아아아! 안 돼!"

파아아앙

라이프 베슬이 부서진 벨라시온이 유리처럼 깨져 나갔다. 그는 분하고 원통한 눈빛으로 탄트라를 노려봤다.

"허망한가? 개죽음 같나? 네놈은 천 년 전에 죽었어야 했어. 아득바득 살아봐야 이로울 게 없으면서 살려는 건 욕심이다."

스스스스

벨라시온을 죽인 탄트라는 지그문트의 레어가 보이는 곳을 향해 말했다.

"나머지는 네가 알아서 해라."

만약 이번에도 살아난다면 그때부터는 관여하지 않을 생각이다.

"짐을 버리겠다, 라이레인."

제국의 잠재적 위험을 제거해 줬다. 이 정도면 할 만큼 했다.

*   *   *

탄트라가 벨라시온을 죽이고 며칠이 지났다. 현재 헤르비아 황궁은 다마스 공작의 이야기로 떠들썩했다.

"폐하! 다마스 공작이, 다마스 공작이!"

"들었습니다. 실종됐다지요?"

벌써 며칠째 그를 본 사람이 없었다. 라이루스 여황이 찾는다고 불러도 나타나지 않았다.

'꿈 같아.'

그녀는 탄트라를 생각했다.

며칠이 지난 지금.

그녀의 가장 큰 고민이었던 다마스 공작이 황궁에서 실종됐다. 탄트라가 장담했던 대로 죽었을 가능성이 높았다.

'소원을 들어주마.'

문득 무표정한 얼굴로 말하는 탄트라가 떠올랐다. 이상하게 입가가 실룩거렸다.

"푸훗!"

"폐하도 기쁘십니까? 저도 기쁩니다. 앓던 이가 빠진 기분입니다."

가이오스 공작이 속이 시원하다는 투로 말했다. 그에 라이루스 여황도 고개를 끄덕였다.

'고마워요.'

그녀는 탄트라에게 마음속으로 고마움을 표했다.

종장

재회

"감회가 새로워."

마수상단연합의 대도시 카바드는 금방이라도 유령이 튀어 나올 것만 같은 폐허로 변해 있었다. 라일드 왕국이 오크 군 단에게 멸망하던 날 이곳도 운명을 같이했다.

터벅터벅.

"오크들이 피어 마운틴은 내버려 뒀군."

카바드를 중심으로 하루 거리를 기점으로 오크들의 공격 이 줄어들었다. 그렇다고 귀찮은 일이 줄어들지는 않았다.

피어 마운틴이 더욱 넓어져서 마수들이 판을 쳤다. 이제는 동부 대륙이 아니라 마수 대륙이라 불러야 될 판이다.

크르르르!

폐허 곳곳에서 마수의 울음소리가 들리며 탄트라의 주변을 왔다 갔다 했다.

"처리해라."

─처리.

크어어어!

퓨리오스가 탄트라의 육체에서 빠져나가 마수들을 학살했다. 계속 이런 식이다. 그가 직접 마수를 죽이는 경우는 없었다.

"사나흘이면 도착하겠군."

날아가거나 빠르게 주파하면 몇 시간도 걸리지 않는다. 그러나 탄트라는 시간에 연연하는 성격이 아니었다. 급하지 않았기에 여유를 가지고 싶었다.

몇 년도 아닌 며칠은 빠르게 지나갔다.

4일째 아침이 되는 날, 탄트라는 웅장하게 솟은 수만 그루의 나무가 밀집된 그곳, 수십만 엘프가 상주하는 엘븐 우드의 경계에 도착했다.

"지그문트의 기운이 느껴진다. 샤일라스가 잘 도착해서 마정석을 설치했구나."

반경 100킬로미터를 마수들로부터 보호하는 마정석이다.

모르긴 몰라도 엘븐 우드만 한 도시라면 몇 개가 더 생겨나도 충분히 수용 가능하다.

─감시당하고 있습니다. 명령을.

"됐다. 엘프들이니."

탄트라는 엘븐 우드의 경계에 들어섰을 때부터 엘프들이 뒤따라붙음을 눈치챘다. 신경 쓰였지만 굳이 제지하지는 않았다.

다른 누구도 아니고 샤일라스를 만나러 간다. 괜스레 일을 만들 필요는 없었다.

"정지하라! 인간!"

파파파팟!

엘븐 레인저들이 떨어져 내리며 탄트라를 포위했다. 엘프 일족의 호위단원답게 기도가 출중했다. 인간으로 치면 정예 기사와 비슷했다.

"싸울 생각은 없다."

탄트라는 자신의 의사를 먼저 내보였다. 샤일라스를 만나러 온 거지 그들과 싸울 생각은 없었다.

"이곳까지 어떻게 들어왔는지는 몰라도 더는 출입을 금한다. 돌아가라!"

대장으로 보이는 엘프가 활을 들이밀며 위협했다. 탄트라는 웃음밖에 안 나왔다.

"엘븐 우드에 만나야 될 엘프가 있다."

"인간이 엘븐 우드의 명칭을 어떻게 아는가?"

엘븐 우드는 엘프만 아는 명칭이다. 인간에게 그 명칭이 퍼진 적은 없었다.

"아는 엘프에게 들었다."

"그 엘프의 이름이 무엇인가?"

"샤일라스."

"뭐, 뭐?!"

대장 엘프가 놀라자 그의 수하들도 따라서 놀랐다. 당연한 일이다. 샤일라스는 보통의 엘프가 아니라 엘븐 우드 전체를 다스리는 대장로였기 때문이다.

"천 년 전에 그녀가 세상으로 나간 적이 있을 것이다. 그때 알게 됐다."

"인간이 천 년을 산다고? 그 말을 믿으라는 건가?"

"난 인간이 아니다."

"어느 종족이냐?"

"대화가 너무 한쪽으로 편중된다고 생각지 않는가? 여기서 기다릴 테니 말만 전해주면 된다."

엘븐 우드에서 난리를 쳤던 아크아돈이라고 말한다면 시끄러워질 것이다. 그냥 조용히 만나는 게 그에게나 엘프들에게나 좋았다.

"잠시 기다려라."

엘프들이 그와 멀리 떨어져서 의견을 교환했다.

샤일라스가 1,000년 전에 세상에 나간 것은 모든 엘프가 다 아는 사실이다. 그들은 짧은 대화를 끝내고서 엘프 하나를 엘븐 우드로 보냈다.

"말을 전하러 갔다. 거짓일 경우 당장 이곳에서 떠나라."

"큭! 그러지."

인간들이었다면 거짓일 경우 죽여 버리겠다고 했을 것이다. 확실히 엘프들은 물렀다.

탄트라는 못이 박힌 듯 움직이지 않았다. 아이언 가드에서 잠깐 기다린 걸로 짜증을 부리던 모습은 없었다.

'곧이로군.'

이제 곧 샤일라스를 만날 수 있게 된다. 그것도 무려 1,000년 만에.

*　　　*　　　*

"그렇게 하는 게 아니에요. 천천히."

샤일라스가 엘프 아이에게 마법을 가르쳐 주고 있었다. 그 아이는 120년 전 엘프 대장로 퀘르네인이 남긴 씨앗이다.

엘프는 종족 보존을 위해 혼자서도 아이를 낳아 기르는 게 가능하다. 그녀 역시 아이를 낳을 수 있음에도 때가 아니라는 생각에 낳지 않았다.

우웅!

"와! 대장로님, 성공했어요!"

"장하네요. 퀘르네인 님이 보시면 기뻐하셨을 겁니다."

샤일라스가 아이의 머리를 쓰다듬었다. 아이는 기분이 좋은지 그녀의 손에 머리를 맡겼다.

"저도 대장로님처럼 대마도사가 될 거예요!"

"저를 뛰어넘어야지요."

샤일라스는 퀘르네인이 이그드라실의 품으로 돌아가고 나서 대장로의 직책을 이어받아 엘븐 우드를 다스렸다. 나이로 나 실력으로나 다른 하이엘프 장로들보다 우세했기에 만장일치로 통과됐다.

'이제 엘프들도 많이 바뀌었어.'

지난 세월 동안 엘프들은 진화했다.

샤일라스는 인간 세상에 나가서 보고 듣고 배운 것들을 아낌없이 풀었다. 처음에는 장로들의 반발에 소극적으로 행동했지만 대장로에 오르고 나서는 힘으로 밀어붙였다.

그 결과 엘프들은 크게 번성했고 예전의 몇 배나 되는 성세를 누렸다.

똑똑!

"대장로님! 엘븐 레인저 소속 단원이 찾아왔습니다."

"들여보내세요."

문이 열리며 엘븐 레인저 한 명이 그녀의 거처로 들어왔다.

"대장로님을 뵙습니다."

"무슨 일이신가요?"

"엘븐 우드 남쪽 경계 부근에 수상한 자가 접근해서 막았는데 대장로님의 이름을 대며 만나게 해달라고 청했습니다."

"저를요?"

샤일라스를 아는 존재는 모두 죽었다. 1,000년은 인간이 버틸 수 없는 세월이다.

'지그문트 님인가?'

"붉은 머리카락에 붉은 눈을 지닌 남자였습니다. 돌려보낼까요?"

"지, 지금 뭐라고 했습니까? 다시 말해 보세요!"

"네, 네? 부, 붉은 머리카락에 붉은 눈을 지닌 남자였습니다."

샤일라스의 몸이 부들부들 떨렸다. 그는 죽었다. 자신의 눈앞에서 육체의 반이 날아갔고 방어 결계를 구축하던 세 개의 심장이 깨졌다.

"남쪽, 남쪽 경계 부근이라고 했습니까?"

"그렇습니다."

파팟!

샤일라스가 텔레포트를 캐스팅했다. 엘프 아이와 엘븐 레인저는 그 자리에서 눈만 깜빡였다.

* * *

"그녀의 기운이 느껴진다. 제법 강해졌는데?"

탄트라는 빠르게 다가오는 샤일라스의 기운을 감지했다. 마지막으로 봤을 때보다 세 배는 강해졌다. 경지를 뛰어넘은 게 틀림없었다.

지잉!

"아……."

샤일라스가 레비테이션을 풀고 지상으로 내려왔다. 그녀는 아무 말도 않고 탄트라를 쳐다만 봤다.

"대장로님을 뵙습니다!"

엘븐 레인저들이 예의를 갖췄다. 그 모습을 보던 탄트라가 한마디 했다.

"예전 그대로군."

터틱!

"응?"

샤일라스가 탄트라에게 안겨들었다. 그에 탄트라도 엘븐

레인저도 놀랐다.

"무슨 짓이지?"

"죽은 줄, 죽은 줄 알았어요."

"지그문트가 구해주지 않았다면 죽었을지도."

"왜 찾아오지 않았죠?"

"않은 게 아니라 못한 거다. 천 년 동안 수면기에 들어갔었으니까."

샤일라스가 탄트라에게서 떨어져 그의 손을 꼭 잡았다. 그리고는 말했다.

"저를 구해준 보답을 못했다는 응어리가 항상 가슴에 뭉쳐 있었어요."

"이제라도 갚아라."

"돌아가실 건가요? 고향으로?"

데몬 게이트를 열어주겠다던 그와의 약속이 떠올랐다.

"음……."

샤일라스의 떨리는 물음을 들은 탄트라가 말을 길게 끌었다.

"글쎄? 시간은 많으니 여유를 즐길까?"

탄트라가 웃으며 말하자 샤일라스의 표정이 환해졌다.

"엘븐 우드에 오신 걸 환영합니다. 엘프 일족의 은인이시여."

'그녀의 수명이 다할 때까지 정도는 괜찮겠지.'

탄트라는 조금 더 이곳에 있기로 했다.

아주 조금만 더.

외전

데메우스 대공

데메우스 대공은 대륙전쟁이 끝나고 제국으로 돌아간 이후 자신의 조카인 라이데온 황제를 폐위시켰다.

물론 순순히 황위를 내놓지는 않았다. 그러나 십대기사의 절대적인 지지는 황제를 손바닥 뒤집듯이 바꿔 버릴 힘이 있었다.

고위귀족들은 데메우스 대공이 드디어 황제의 자리에 앉는다며 온갖 아부를 떨어댔다. 어차피 라이데온 황제는 꼭두각시에 불과했다. 제국 최고의 권력가는 다름 아닌 데메우스 대공이었다.

그런데 이변이 일어났다. 그는 차기 황제로 자기 자신이 아니라 속국과 정략혼을 맺은 아이란 황녀의 둘째 아들을 내세웠다. 거센 반발이 몰아쳤다. 정통 황족도 아니고 팔려간 황녀의 차남이라니.

—지금부터 입을 여는 놈은 가문 전체를 몰살시키겠다.

논란을 종결시킨 데메우스 대공은 성인도 되지 않은 메르딘 이 왕자를 황제로 추대했다. 속국에서도 국왕이 될 수 없던 차남이 알칸시아 제국의 황제가 된 것이다. 그는 하루아침에 바뀌어 버린 일상에 적응하지 못했다.

데메우스 대공은 메르딘 황제를 제국을 다스릴 그릇으로 만들려고 하나하나 세심하게 가르쳤다. 일 년이 지나고 이 년이 지났다. 메르딘 황제도 흐르는 시간에 따라 나이를 먹고 어느 순간 성인이 됐다.

—내 눈은 틀리지 않았다.

메르딘 황제는 현왕이 맞았다. 처음에는 어설펐어도 데메우스 대공이 도와주니 점차 현명한 황제로 탈바꿈했다.

라이데온 황제와는 전혀 다른, 진정으로 제국의 국민을 아끼는 진정한 지배자였다. 어느 순간부터는 데메우스 대공이 조언하지 않아도 스스로 척척 잘해냈다.

사람을 힘으로 싯누르기보다 편안한 대화를 통해 타협점을 찾아내기를 즐겼다.

─떠나도 되겠다.

데메우스 대공은 십대기사에게 잠시 여행을 다녀올 테니 메르딘 황제를 잘 보필하라고 부탁했다.

수십 년 후.

그는 데메우스 대공가의 검술, 디멘션 디바이드를 익힌 젊은이와 함께 돌아온다.

*   *   *

벨트로 왕국 남부 헤라트 자작령.

다양한 종류의 약초가 재배되는 중소 영지로 특히 상급 약초 허브로 유명하다.

많은 양은 아니더라도 개당 수백 골드를 호가하는 고가라서 자작령치고는 부유한 편에 속한다. 그렇다고 평민들도 부유하겠다는 착각은 금물이다. 부유함의 기준은 철저하게 귀족을 중심으로 돌아간다.

세상에는 마음씨 착한 귀족보다 나쁜 귀족이 훨씬 많다. 그리고 헤라트 자작은 나쁜 귀족 중에서도 악질에 속했다.

거둬들이는 세금은 7할.

제국법학에 기재된 최대 세금이다. 이 정도면 평민들이 허리띠를 졸라매야 할 판임에도 헤라트 자작은 신경 쓰지 않았다. 그에게 평민은 돈을 벌어다 주는 도구일 뿐, 그 이상도 이하도 아니었다.

* * *

"알싸한 향이 풍기는군. 약초로 유명한 영지다워."

데메우스 대공은 알칸시아 제국을 떠나 세상 이곳저곳을 여행했다. 젊은 시절과는 색다른 맛이 있었다. 그는 전방에 보이는 영지를 보며 숨을 들이마셨다. 약초 향기에 정신이 맑아지는 느낌이 들었다.

터벅터벅.

그는 간단한 절차를 밟고 성문을 통과했다. 병사들은 그의 신분을 알고는 부동자세를 취했다.

알칸시아 제국에서 발행하는 기사서임 증명서를 보여줬기 때문이다. 그것도 데메우스 대공이 직접 발행한 증명서다.

"데메우스 공국 근위기사단원이면 어디 가서 무시당하지는 않을 테니까."

그의 기사서임은 까다롭기로 유명하다. 지닌 바 실력보다 가능성을 중시하기에 통과 기준이 애매했다.

통과된 기사들은 데메우스 대공이 기초를 나서준다. 그리되면 개개인이 엑스퍼트 중급을 넘어서는 실력자로 탈바꿈한다. 데메우스 대공은 현재 근위기사단원의 신분으로 여행 중이었다.

정체를 밝히면 여행의 재미가 사라진다. 잔챙이들이 들러붙지 않는 적당한 신분으로는 기사만 한 게 없었다.

"영지도 마음에 들고 좀 머물러 볼까?"

여행을 떠난 지 몇 년이 지났지만 한 곳에서 일주일 이상을 머물러 본 적이 없었다. 재정비도 할 겸, 서너 달 머무는 것도 나쁘지 않을 듯싶었다.

데메우스 대공은 영주가 관리하는 도시에서 벗어나 인구가 얼마 안 되는 마을을 찾아다녔다.

작은 영지라도 도시는 복잡했다. 휴식을 취할 때만큼은 조용한 게 좋았다. 그는 지도를 살피며 수백 가구 정도 되는 아담한 마을 하나를 골랐다. 헤라트 자작령에서 가장 중요한 허브가 재배되는 마을이었다.

"허브 차가 마시고 싶군."

데메우스 대공은 종종 진상되는 최상급 허브로 차를 우려내 마셨다. 달짝지근하면서도 씁쓰름한 게 입맛에 딱 맞았다.

돈은 차고 넘치도록 많으니 휴식을 취하면서 조금씩 즐기기로 했다.

"어디서 머물지?"

마을은 마음에 쏙 든다. 그런데 인구가 적어서인지 여관이 안 보였다.

"아저씨."

데메우스 대공은 자신의 소매를 잡아끄는 어린아이를 발견했다.

"왜 그러느냐?"

"아저씨 잠잘 곳 찾아요?"

스윽.

그가 몸을 숙이며 아이와 눈높이를 맞췄다.

"오냐, 혹시 주변에 여관이 있느냐?"

잠만 잘 수 있다면 시설은 아무래도 좋았다. 여행을 떠나기로 정한 순간부터 그런 건 포기한 지 오래였다.

"따라오세요!"

'다행이군.'

아이는 제법 그럴싸한 이층집으로 그를 안내했다. 잠깐 머물 곳 치고는 깔끔했다.

"아빠!"

아이의 아버지로 보이는 중년 남자가 도끼질을 하며 장작을 패고 있었다.

"요 녀석! 어디 갔었어? 아빠가 찾았잖아!"

"아빠! 서 아저씨가 잠잘 곳 찾는대! 내가 데려왔어!"

중년 남자는 그제야 데메우스 대공을 발견하고 아이를 내려났다.

"허브 마을의 촌장 가일이라고 합니다. 이 녀석은 제 아들 톰슨이고요."

"데메스 라칸 준남작이라고 하네."

데메우스 폰 세라칸에서 왕족만 붙일 수 있는 폰과 각각 한 자씩을 더 제외했다. 실제 신분은 대공이지만 표면적 신분은 준남작이다. 그가 이름과 신분을 밝히자 가일과 톰슨이 넙죽 엎드렸다.

"헉! 죄송합니다! 준남작님, 용서해 주십시오!"

"죄송해요, 죄송해요!"

"내가 귀족인지 아닌지 자네가 어찌 알았겠나? 일어서게."

부들부들 떠는 아버지와 어린 아들의 모습은 매우 안쓰러웠다. 귀족을 대하는 태도임은 분명하나 과하다는 느낌이 다분했다.

'귀족 공포증.'

데메우스 대공은 알칸시아 제국에서 별의별 귀족을 겪어 봤다. 그들 중에는 평민을 사람이 아니라 가축으로 대하는 자가 허다했다. 귀족 공포증은 평민이라면 누구나가 조금씩은 가지는 증상이다.

'증상이 심하다.'

이 정도의 과한 반응이라면 귀족에게 직접적으로 당했거

나 당하는 걸 봤거나 어느 쪽이든 겪어본 게 틀림없었다.

"용서할 테니 일어서게. 이래서야 대화가 되겠는가?"

데메우스 대공이 오러를 움직여 그들의 몸을 어루만졌다. 그제야 안정이 됐는지 조심스레 몸을 일으켰다.

"주, 주무실 곳을 찾는다고 하셨습니까?"

"오랜 여정에 지쳤다네. 혹시 남는 방이 있는가?"

"바, 방은······."

가일이 감정이 불안정했다. 거부하고 싶어 하는 티가 역력했다.

"아니, 아닐세. 도시로 나가 방을 잡는 게 좋겠어."

평민이 귀족을 상대로 싫다는 의사를 표현하는 건 목숨을 걸었다는 뜻이다. 가일은 말만 안 할 뿐이지 온몸으로 거부하고 있었다. 이럴 때는 신분이 높은 자가 물러서 주는 수밖에 없었다.

"방은 남는 답니다. 들어오세요, 준남작님."

"헉! 데오나!"

이층집의 문이 열리며 보라색 머리카락의 미녀가 걸어 나왔다. 나이대는 스물 전후로 한창 물이 오른 아름다움을 뽐낼 시기였다.

'딸인가? 집안에 들이기를 거부한 게 저 아이 때문인기 보군.'

평민 여자에게 아름다움은 축복이 아니라 독이다. 꽃은 꺾지 못해야 가치를 발한다. 언제든지 꺾을 수 있는 꽃은 짓밟히게 마련이다.

"데메스 라칸, 기사라네. 정 호칭을 붙이려거든 기사님으로 해주게나."

기사라는 소리에 가일과 톰슨의 표정이 더더욱 시퍼렇게 변했다. 데오나라는 여자도 미비하게 눈가가 떨렸다.

'영지에 문제가 있군.'

이런 현상은 평민을 벌레 보듯 하는 영주가 기사들을 이끌고 행패를 부릴 때 나타난다.

"들어가서 대화를 좀 할 수 있겠나?"

"아, 알겠습니다."

데메우스 대공을 가일을 따라 집 안으로 들어갔다.

*　　　*　　　*

"이익! 곧 죽어도 이상하지 않을 늙은이가 그 많은 돈은 어디다가 쓴다고!"

헤라트 자작은 치밀어 오르는 분노를 못 이기고 버럭 소리를 질렀다. 그는 중앙의 고위귀족에게 분기별로 2만 골드를 상납한다. 일 년이면 8만 골드다.

그런데 엊그제 분기별로 3만 골드로 올리라는 일방적인 통보가 내려왔다. 일 년이면 12만 골드다.

그의 영지가 약초 재배로 큰 부를 쌓는대도 일 년에 12만 골드는 우습게 볼 금액이 아니었다. 이는 총수입의 60%를 갖다 바치는 꼴이다.

"승작만 아니라면! 제길!"

이번 년 말에 왕국에서 승작 심사가 진행된다. 운이 좋은 건지 재수가 없는 건지 헤라트 자작의 상납금을 받는 귀족이 심사의 주관자였다. 좋든 싫든 이번 한 해는 꾸역꾸역 처먹여 줘야 했다.

"다음 달이 허브 수확 날이군."

허브는 반년에 한 번씩 평균 550~600개를 수확한다. 개당 가격은 250골드 정도로 하나의 조건이 갖춰지고 실수만 하지 않는다면 비교적 무난하게 재배할 수 있는 상급 약초였다.

"돈, 돈! 옆 영지에서는 하일칸 나무가 발견됐다는데 왜 내 영지에는 없는 거야?"

하일칸 나무는 약초와 과일을 반반 섞어 놓은 이상한 식물이다. 그 나무에서 열리는 과일은 마력을 정화시켜 주는 효능을 지녀 마도사들에게 인기가 많았다.

개당 가격은 허브의 열 배가 넘으며 수십 개가 동시에 열려서 발견하면 막대한 이득을 취할 수 있다.

"돈이 필요해. 약초꾼들의 채집 범위를 넓혀야겠어."

여태까지는 마수가 나오지 않는 안전 범위 내에서만 채집을 했다. 그러나 12만 골드를 충당하려면 지금보다 더 벌어야 한다.

고급 인력을 죽일 수는 없으니 쓸모없는 놈들에게 달콤한 열매를 던져주면 알아서 미끼를 물 것이다.

*   *   *

가일의 집에서 묵게 된 데메우스 대공은 그를 살살 달래 귀족을 무서워하는 이유를 물어봤다. 한참의 설득 끝에 듣게 됐고 그럴 만하다고 생각했다.

"헤라트 자작, 전형적인 부패 귀족인가?"

벨트로 왕국은 왕권이 약하다. 왕권이 약한 나라일수록 부패 귀족이 판을 친다. 알칸시아 제국과 데메우스 공국은 데메우스 대공이 최대한 막아서 비교적 숫자가 적었다.

"초야권이 있는 영지는 처음이로군."

남자가 혼인을 하려면 영주에게 허락을 받아야 하며 여자라면 하룻밤을 보내야 한다. 이를 피하려면 미모에 따라 돈을 상납해야 하는데 폭이 넓어서 중간이 없었다.

데오나의 경우에는 무려 200골드를 지급해야 한단다.

평민에게 200골드는 죽으라는 소리나 마찬가지다. 그나마 다행은 가일이 허브 마을의 촌장이며 허브 재배지를 총괄하는 책임자란 것이다. 세금도 2할이나 감면받아 5할에 한 달 수입이 5골드는 됐다.

이층집도 한눈팔지 않고 꾸준히 모아서 지었다고 했다. 그의 수입을 생각하면 200골드를 모으는 게 가능하다.

하지만 귀족은 그리 순순하지 않다.

"말은 바꾸면 그만이고 법은 어기면 그만이지."

진정 원한다면 강제로 빼앗으면 된다. 초야권? 상납? 그냥 심심해서 정해놓은 장난질에 불과하다. 무지한 평민들은 그것을 곧이곧대로 믿고 따른다.

그들의 잘못이 아니다. 귀족으로서 자격이 없는 것들이 문제이지.

"하긴, 내가 누구를 욕하겠는가?"

라이데온 황제가 전대 황제를 독살했다는 걸 알면서도 눈감았다. 제국은 내전에 휩싸였고 알칸시아 황가의 남자는 둘을 제외하고 전부 죽었다.

더욱이 데메우스 대공은 제 손으로 정통 황족을 끌어내리고 메르딘 이 왕자를 황제로 등극시켰다.

"기시님! 식사하세요!"

"알겠다."

데메우스 대공은 일 층에서 들리는 소리에 생각을 정리했다.

그가 이곳에서 머문 지 며칠이 지났다. 가일의 가족은 그가 부드러운 성품을 지녔다는 것을 알고는 조금씩 편하게 대했다.

"고맙네."

"아닙니다. 매번 차린 게 부족해서……."

"맛있기만 하다네."

데메우스 대공은 언제나 고급 요리만 먹었다. 그의 신분을 생각하면 당연한 일이다.

'입맛에 맞아.'

고기야 채소를 잘게 다진 수프에 여러 음식이 곁들여서 나왔다. 가일의 딸인 데오나의 솜씨였다.

"허브가 반년에 한 번씩 수확된다고 했던가?"

"다음 달이 수확 철입니다."

"혹, 구매가 가능한가?"

데메우스 대공은 첫날 허브를 구매하려 했다. 그에 가일은 수확 철이 아니라면 불가능하다고 답했다.

수확 철이 아닐 때 구하려거든 영주를 직접 찾아가는 수밖에 없단다. 가일이 허브 마을을 책임지는 촌장이지만 그냥 평민들의 대표일 뿐이다. 허브에 관한 권리는 헤라트 자작에게만 있었다.

"허브의 시세에 따라 조금 변동되기는 해도 가격만 맞으면 가능하십니다."

"수확하면 알려주게. 열 개 정도 구매하겠네."

"그러겠습니다."

탕탕!

"촌장님 나와보십시오! 성에서 기사님이 왔습니다!"

"자, 잠시 다녀오겠습니다."

식사를 하던 도중 가일을 찾는 소리가 들려왔다. 그에 가일은 데메우스 대공에게 양해를 구하고 바깥으로 나갔다.

'이곳의 기사인가?'

문득 사람들을 공포에 떨게 하는 기사의 낯짝이 어떤지 보고 싶어졌다.

＊　　　＊　　　＊

"헤라트 자작님의 전언을 가져온 서먼이다."

헤라트 자작은 약초꾼들의 채집 범위를 넓혔다. 가고 안 가고는 자유지만 눈이 돌아갈 만큼의 보상에 사람들이 웅성거렸다.

상급이나 최상급 약초의 자연 재배지를 발견하는 자와 그가족에게는 세금 전체를 감면해 준다.

재배지의 관리를 맡겨서 수익을 보장해 주고 해마다 500골드를 지급한다는 것이 전언의 내용이다.

연륜이 묻은 약초꾼들은 한 귀로 듣고 한 귀로 흘렸다. 지금 채집하는 범위를 넘어서면 마수들이 출몰하는 위험지역에 들어선다.

제아무리 돈이 좋아도 죽으면 아무짝에도 쓸모없다.

반대로 한창 혈기왕성한 젊은 사람들은 달랐다. 그들은 영주의 전언을 듣고 흥분을 가라앉히지 못했다. 잘만하면 평생 떵떵거리며 살 수 있었다.

'수십만 골드짜리 재배지를 처먹고 해마다 천 골드 정도 던져주겠군. 어쩌면 주는 척하면서 꼼수를 부릴지도.'

데메우스 대공은 서먼이란 놈이 하는 말을 들으며 가장 높은 가능성을 떠올렸다. 부패 귀족치고 약속을 지키는 놈을 본 적이 없었다.

"촌장! 촌장 어딨는가?"

"여기 있습니다, 서먼님!"

"허브 재배자들은 채집 범위를 넘어서는 안 된다."

"아, 알겠습니다."

'고급 인력은 아끼고 저급 인력만 쓰겠다?

헤라트 자작의 썩은 속내가 들여다보였다. 위험 지역에 들어섰다가 허브 재배자들이 죽으면 영지 재정에 막대한 피해가 생긴다. 그렇기에 그들은 더러운 늪지에서 꺼내고 쓸모없는 이들만 밀어 넣었다.

"흠, 데오나는 어딨는가?"

"지, 집에서 톰슨과 같이 있습니다."

"이제 슬슬 혼기가 찰 때로군. 영주님의 제안은 아직도 유효하다네."

가일의 어깨가 축 늘어졌다. 서먼은 그를 보며 속으로 생각했다.

'크, 저 놈이 허브 재배지를 총괄하지만 않았어도 미친 척하고 덮치는데.'

데오나는 헤라트 자작령과 주변 몇 개 영지를 통틀어 최고의 미녀다. 도무지 평민에게서 나올 수 없는 외모였다.

헤라트 자작은 그녀에 대한 소문을 듣고 가일에게 서먼을 보내 첩의 자리를 제안했다.

가일은 그날 목숨을 걸고 거절했다. 헤라트 자작은 강제로 뺏을까도 생각해 봤다. 그러나 그는 허브 재배지를 총괄하는 최고의 재배자였다.

그가 손을 놔버리면 수확에 막대한 타격을 입는다. 그 때문에 건들지 못했다. 여사 하나 얻자고 수십만 골드를 날릴 수는 없는 일이다.

"저자는 누구지?"

서먼이 데메우스 대공을 쳐다봤다. 허브 마을은 인구가 적어서 타인이 섞일 경우 쉽게 알아챈다.

하물며 검을 찬 타인이라면야.

"아! 저, 저분은 제집에 머물고 계시는 기사님이십니다."

"기사?"

기사란 소리에 마을 사람들이 데메우스 대공을 힐끔힐끔 쳐다봤다.

"어디의 누구요?"

"데메우스 공국 근위기사단 소속 데메스 라칸이라 하네."

"헉! 데메우스 공국 근위기사단!"

서먼이 그의 국적과 소속을 알고는 기겁했다. 대륙제일기사를 보좌하는 최고의 기사단원이 이런 촌구석 영지에 있다는 게 믿기지 않았다.

"증명할 방법이 있소?"

"영지에 들어올 때 신분을 밝혔는데 상부에 보고가 안 올라갔나? 엉망이로군."

서먼의 얼굴이 부끄러움을 못 참고 붉어졌다. 출입자 명단은 형식적으로만 적는다. 기사치고 제대로 확인하는 자는 드물었다.

"말씀이 심하시오!"

"진실을 말하는 게 심한 말인가?"

데메우스 대공이 미약하게 조절한 살기를 서먼에게 날렸다. 그럼에도 그는 땀을 흘리며 휘청거렸다.

고작해야 엑스퍼트 초급.

평민들에게는 공포일지 몰라도 정작 기사들 사이에서는 있으나 마나 한 존재였다.

"조용히 있다 갈 생각이네. 내가 하는 말 알아듣겠나?"

"커헉! 아, 알겠소!"

데메우스 대공이 살기를 거둬들였다. 그는 그제야 숨통이 트였는지 기침을 해댔다. 사람들은 뭐가 뭔지 모르겠다는 듯 의아해했다.

"자세한 내용은 공고문을 확인하라! 가일 자네는 잘 생각해 보게!"

서먼은 도망치듯이 마을을 벗어났다. 데메우스 공국의 근위기사단이라면 건들지 않는 게 상책이다.

"안에서 쉬시지 않고 왜 나오셨습니까?"

사람들이 공고문을 향해 갈 때 가일은 데메우스 대공에게로 다가왔다.

"호기심이 동해서 나왔다네."

저런 형편없는 기사도 이들에게는 공포로 군림한다는 사실이 매우 낯설게 느껴졌다.

"들어가시지요."

"자네는 공고를 보러 가지 않는가?"

"봐야 무슨 소용이겠습니까?"

저 넓은 산속에 허브 재배지 같은 곳이 없지는 않을 것이다. 어쩌면 최상급 약초 재배지가 있을 지도 모른다.

"들어갔다가 마수와 마주치기라도 하면 살아남지 못합니다."

가일은 아버지로서 가정을 책임질 의무가 있었다. 모험을 하기보다는 현실에 순응하며 사는 게 좋았다. 어차피 허브 재배자들과는 상관없는 공고였다.

"흠! 약초 재배지라."

산의 규모가 상당했다. 저 정도면 4급 이상의 마수가 서식하기에 안성맞춤이다.

"허브 수확 철이 되면 약초 냄새를 맡은 마수들이 산을 내려옵니다. 그때가 되면 헤라트 자작령의 병력이 이곳을 철통같이 보호하지요. 그것만 해도 살 떨리는데 저 산에 들어간다는 건 죽으라는 소립니다."

일 년에 두 번, 허브 향을 맡은 마수들이 산을 내려온다. 허브 재배와 관련된 자들은 문을 걸어 잠그고 구석으로 숨는다. 그나마 가일의 집에는 지하 창고가 있어서 안전하다.

"저 같은 허브 재배자들은 안전을 보장받지만, 일반 약초꾼들은 병사들과 함께 마수들을 막습니다. 꼭 몇 명씩은 죽더 군요."

"일반인을 마수들의 싸움에 내보낸다는 말인가?"

"평균 천 마리가량이 몰려옵니다. 그렇게 몰려오기에 어쩔 수가 없습니다."

"용병 고용은?"

가일이 말문을 닫았다. 데메우스 대공은 더는 묻지 않았 다. 용병, 헌터, 가드를 고용하려면 적지 않은 자금이 소모된 다. 헤라트 자작은 그 자금을 아끼려고 사람들을 사지로 내몬 것이다.

"다음 달이 허브 수확 철이라면 이번만큼은 내가 도움을 줄 수 있을 것 같네."

"아⋯⋯."

"들어가세나."

데메우스 대공이 그의 어깨를 토닥였다. 헤라트 자작령의 기사들만 봐왔던 가일은 그날 처음으로 알았다.

기사라고 다 똑같지는 않다는 것을.

* * *

"데메우스 공국 근위기사단?"

헤라트 자작은 서먼의 보고를 받으며 확인 차 되물었다.

"출입자 명단에서도 확인했습니다. 데메우스 대공에게 정식으로 기사서임을 받은 자입니다."

"허! 그럼, 최소 엑스퍼트 상급이 아닌가?"

데메우스 공국의 근위기사단은 남부대륙 전체를 통틀어 최고의 기사단이라는 소문이 자자했다. 가르치는 자가 무려 대륙제일기사였다.

"이곳에 온 이유는 모른다고?"

"조용히 있다 가겠다는 말만 했습니다."

"후! 수확 철이 코앞으로 다가온 지금, 그런 실력자가 필요한데……"

"넌지시 떠보는 게 어떻겠습니까?"

서먼이 조심스레 말했다.

"넌지시?"

"그가 당장 떠난다면 몰라도 허브 마을에서 다음 달까지 머문다면 마수들과는 싫어도 부딪혀야 합니다. 먼저 언제까지 머물지를 알아내고 후자의 경우 적당한 값을 치르는 게 좋을 것 같습니다."

"좋아! 자네가 가서 의중을 물어보게."

"제, 제가 말입니까?"

데메우스 대공을 다시 만나라는 말에 서먼이 깜짝 놀랐다.

그에게 받았던 살기가 아직도 진정되지 않았다.

"그럼 기사 하나를 만나려고 내가 직접 갈까?"

착 가라앉는 헤라트 자작의 목소리에 서먼이 재빨리 말했다.

"당장 다녀오겠습니다!"

"고용 가격은 깎을 수 있는 데까지는 깎고, 무리라면 시세대로, 알겠지?"

서먼은 짠돌이 근성을 발휘하는 헤라트 자작을 속으로 욕하며 재차 허브 마을로 향했다.

*　　　*　　　*

"나보고 이 마을을 지켜달라?"

"그렇소. 혹시 그 전에 떠나려 하시오?"

"더 머물 예정이네."

"이틀 정도만 막아주면 하루당 백 골드를 쳐서 이백 골드를 드리겠소."

옆에서 둘의 대화를 듣고 있던 가일은 200골드가 주는 무게감에 새삼 기사의 대단함을 느꼈다. 일반 평민이라면 평생 모아도 모을 수 없는 거액이다. 그도 돈을 잘 벌지만 족히 7~8년은 모아야 한다.

그런데 그걸 이틀 만에 벌다니.

"그러도록 하지."

서먼은 쾌재를 불렀다. 저런 수준의 기사를 고용하려면 두 배를 더 들여도 모자라다.

'헤라트 자작은 인색한 자로군.'

그를 실제로 본 적은 없지만 수하들의 행동거지에서 그가 어떤 자인지를 하나하나 알아갔다.

스슥.

데메우스 대공은 서먼이 건네주는 고용 계약서를 그 자리에서 작성했다. 나중에 말을 바꾸는 것을 막으려는 얄팍한 술수였다.

"다음 달에 뵙겠소."

"그러게나."

데메우스 대공은 돌아가는 서먼을 보며 생각했다. 주기적인 토벌전만 감행해도 마수들은 이곳을 하나의 영역으로 인정하고 내버려 뒀을 것이다. 한 번에 감당하려는 멍청한 심보가 해마다 반복되는 악습을 만들었다.

'이번에는 내가 도와주겠지만……'

한 번은 무사히 넘겨도 다음번에는 무사히 넘기기 어려울 테고 계속 버려두다 보면 언제고 후회할 날이 오리라.

*   *   *

허브 향이 최고조에 이른 그날.

허브 마을은 두려움에 떨며 몸을 움츠렸다.

크어어엉!

으르르릉!

곳곳에서 마수들의 울음소리가 들려왔다. 이미 바깥은 헤라트 자작이 이끌고 온 병력으로 가득했다. 평소 그는 마수 토벌에 나타나지 않는다. 그러나 오늘은 무슨 바람이 불었는지 이곳까지 친히 납시셨다.

"나오지 말게."

"조심하십시오."

데메우스 대공이 문을 병력이 밀집된 곳으로 이동했다. 그곳에는 요란하게 차려입은 헤라트 자작과 기사들이 나무 방벽 경계를 곧 다가올 습격에 대비했다.

"영주님, 그 기사가 찾아왔습니다."

"데려오게."

서먼이 데메우스 대공을 헤라트 자작에게로 데려갔다.

"데메스 라칸이라 하오."

"이곳의 영주인 헤라트 사작일세."

둘은 어떤 방법으로 허브 마을을 지킬지에 대한 형식적인 대화를 주고받았다.

"본인이 방벽 바깥으로 나가서 내려오는 마수들을 죽이겠소."

데메우스 대공의 말에 헤라트 자작과 그를 지키는 기사들이 난색을 보였다. 한두 마리도 아니고 족히 천 단위 이상이 쏟아져 내려온다.

"제아무리 데메우스 공국 근위기사단 소속이라도 그건 무리가 아닌가?"

"대공 전하께서는 심심하실 때마다 근위기사단과 크라울 산맥으로 사냥을 나가셨소.

"크, 크라울 산맥!"

"역시……."

크라울 산맥은 피어 마운틴에 버금가는 마수들의 천국이다. 과거 데메우스 대공은 산맥의 깊은 곳에서 2급 마수 타이거노스를 잡아 황제에게 진상한 적이 있었다.

"그곳과 비교하면 이곳은 애들 장난이오."

데메우스 대공은 그 말을 하고서 방벽을 나가 산을 타고 올라갔다.

"건방지군."

헤라트 자작은 그의 태도가 마음에 들지 않았다. 그렇다고 데메우스 공국 근위기사단원을 건드릴 수는 없었다. 잘못하면 대공의 분노를 산다.

"이곳에 어디 머물 곳은 없나?"

"누추하지만 촌장의 집이 그나마 괜찮을 겁니다."

"오? 촌장의 집이면 그 데오나라는 아이의 집이 아닌가?"

"모시겠습니다."

"흐흐! 이거 처음으로 얼굴을 보게 생겼군."

그는 주변 영지를 통틀어 최고의 미녀라는 데오나를 볼 생각을 하자 흥분을 감추지 못했다.

터벅!

헤라트 자작이 촌장의 이층집으로 서서히 다가갔다.

* * *

쓰거거걱!

7~8급 마수들이 데메우스 대공에게 달려들었다. 하나하나가 기사와 비슷할 정도로 강력했다.

허술한 나무 방벽으로 막을 수준이 아니었다. 병력이 주둔하고 있어도 결코 안전하지 않다.

크어어엉!

우드드득!

데메우스 대공의 허리 굵기의 나무가 부러지며 부엉이와

곰을 섞어 놓은 모습의 마수가 나타났다.

"아울 베어?"

집채 만한 크기의 아울 베어가 콧김을 뿜어내고 흉광을 번뜩였다.

"상급 마수까지 나타나다니."

아울 베어는 5급의 마수이다. 이쯤 되면 허브 마을의 기사들로는 상대하기 버겁다.

크르르르!

"누굴 보고 군침을 흘리느냐?"

즈아아앙!

아울 베어의 측면에서 공간이 갈라지며 두터운 몸통이 일격에 분쇄됐다. 데메우스 대공을 상대로 버티려면 적어도 2급 마수는 되어야 한다.

"마을로 돌아가야겠다."

족히 수백 마리는 죽였다. 숫자가 많이 줄었기에 돌아가도 문제없을 것이다. 그는 마수의 주검을 버려두고 마을로 돌아갔다.

크어어어!

으아아악

사방에서 피비린내가 진동했다. 방벽은 부서진 지 오래고 헤라트 자작의 병력은 마수들의 날카로운 이빨에 찢겨 나갔다. 눈살을 찌푸릴 광경임에도 데메우스 대공의 평정심은 깨지지 않았다.

"더 피해가 커지기 전에 정리해야겠다."

그가 본격적으로 움직였다. 마수들의 사이사이를 오가며 디멘션 디바이드를 조금씩 펼쳤다. 생각 같아서는 디멘션 스페이스로 몰살시키고 싶었지만 그런 행동은 혼란만 가져올 뿐이다.

푸우우욱!

꾸어어어!

검질 한 번에 마수 한 마리가 죽었다. 장내가 정리되어 감에 탄력을 받은 기사들이 저마다 병사들과 마수를 쓰러뜨렸다. 데메우스 대공은 마수를 죽이는 와중에 헤라트 자작을 찾아봤다.

"응?"

데메우스 대공은 가일의 집 앞에서 서성이는 서먼이란 기사를 발견했다.

"거기서 뭐 하나?"

"헉! 그, 그게!"

데메우스 대공은 당황하는 서먼의 모습에 불길한 예감이 들었다.

"비키게나."

"내 말 좀 들어보시오."

"죽고 싶은가?"

뚝뚝!

조금 전까지 피를 듬뿍 머금은 그의 검에서 마수의 피가 바닥으로 떨어졌다. 겁을 집어먹은 서먼이 문에서 물러났다. 데메우스 대공이 문을 열고 들어가자마자 오러로 감각을 극대화 시켰다. 지하에서 인기척이 느껴졌다.

끼익!

"서먼인가? 마침 잘 왔다! 이 두 년놈을 치워 버려! 에이! 자결을 하다니! 제길!"

"가일?"

가일의 심장에 단검이 박혀 있었다. 데오나는 옷이 찢어진 상태로 미동이 없었다. 입에서 피를 흘리는 게 자결한 것 같았다. 겁탈당하기 직전 스스로 목숨을 끊은 것이다.

"다, 당신은!"

"허허!"

데메우스 대공은 허탈했다. 병사들과 마을 사람들은 목숨을 걸고 싸우는데 영주란 작자가 여색을 탐하다가 안 되니까 모두 죽여 버렸다.

"으음! 내 영지에서 일어난 일이니 신경 쓰지 말았으면 하네."

엄밀히 말하면 틀린 소리가 아니다. 영주는 소속 영지에 관한 모든 권한을 지닌다. 이는 타인이 관여할 수 없는 일이다.

"자자! 이러지 말고 나의 성으로 가세. 이년보다 더욱 아름다운 여자들로 준비해 주겠네."

"으응……."

파팟!

데메우스 대공은 구석에서 들리는 소리에 그곳으로 달려갔다. 머리에 피를 흘리고 있는 톰슨이 신음을 흘리고 있었다.

"살았구나."

불행 중 다행히도 톰슨은 죽지 않았다. 머리의 상처 때문에 잠시 기절한 듯했다.

우웅!

따스한 오러가 톰슨의 육체를 순환하며 상처를 치료했다. 헤라트 자작은 자신을 무시하는 그를 보며 이를 악물었지만 이내 몸을 돌려 지하를 벗어났다.

"아빠… 누나……."

"졸지에 고아 신세인가……."

사람 일은 모른다더니 지금이 딱 그랬다. 이 아이를 남겨놓고 떠난다면 어떻게 될까?

"이것도 인연이라면 내가 거둬주마."

가일에게 신세를 졌다. 갚을 길이 없는 지금, 그의 아들에게라도 갚아야 했다.

"헤라트 자작, 권력은 결국 더 큰 권력에 짓눌리게 마련이라네."

데메우스 대공은 그가 나간 곳을 쳐다보며 말했다. 헤라트 자작은 머지않은 미래에 그 말의 의미를 몸으로 체험하게 된다.

*　　　*　　　*

"어, 어째서입니까? 성의가 부족했다면 말씀해 주십시오!"

헤라트 자작은 하늘이 무너지는 충격에 평소라면 하지 못할 짓을 자행하고 있었다. 그토록 공들였던 승작이 물 건너갔다. 미치지 않고서야 제정신을 유지할 수가 없었다.

―지금 나에게 대드는 건가?

고위귀족은 자신에게 언성을 높이는 헤라트 자작을 보며 싸늘하게 내뱉었다.

"아닙니다. 하지만, 이유를 듣고 싶습니다."

헤라트 자작이 고위귀족에게 퍼부은 돈만 해도 30만 골드 가까이 됐다. 그런데 이제 와서 입을 닦겠다니 힘만 있었다면 당장 죽여 버렸을 것이다.

―자네, 데메스 라칸이라는 자를 아는가?

"데메스 라칸이요?"

헤라트 자작이 모르겠다는 표정을 짓자 고위귀족이 친히
설명했다

―허브 마을을 지켰던 기사 말일세.

"아!"

그는 그제야 데메스 라칸이 누군지를 기억해 냈다. 그런데
그에 대한 기억이 그리 유쾌하지만은 않았다.

왜냐하면 자신의 치부를 봤기 때문이다. 딱히 문제가 될 건
없지만 왠지 모르게 꺼림칙했다.

"그런데 그자를 공작 각하께서 어찌……?"

―데메우스 폰 세라칸.

"네?"

―데메우스 폰 세라칸, 데메스 라칸. 자네에게 머리가 있다
면 생각을 해보게나.

"데메우스 폰 세라칸이라면 데메우스 대공을 말씀하시는
겁니까?"

―그렇다네.

데메우스 공국의 공왕이자 알칸시아 제국의 최고권력자가
왜 거론되는 것일까?

'비슷한데?'

헤라트 자작은 두 이름을 비교하며 이상하게 비슷하다는 느낌을 받았다.

─둘은 동일 인물이네.

확인사살을 가하는 고위귀족의 말에 의아한 표정을 짓던 헤라트 자작의 얼굴이 창백하게 변했다.

"그, 그, 설마?"

─무슨 짓을 벌였길래 그분에게 밉보인 건가?

헤라트 자작은 가일과 데오나를 떠올렸다. 그자와 엮인 일이라곤 그게 유일했다.

─지금 승작이 문제가 아니라 자네의 작위 역시 내놓아야 할 판이네.

"작위를 내놓으라니요!"

─알칸시아 제국의 황제 폐하께서 자네를 직접 언급했네. 나로서도 손쓸 범위를 벗어난 일이야. 후회해 봐야 늦었으니 남은 귀족으로의 삶이나 즐기게나. 아! 그래도 내가 받은 돈 값은 해야겠지? 지금부터라도 재산을 정리하게. 그리하면 적어도 부유한 상인으로서는 살 수 있을 걸세.

뚝!

"이, 이럴 수는 없어! 그깟 평민 둘을 죽였다고!"

헤라트 자작이 미친 듯이 머리를 쥐어뜯었다. 그러나 후회는 제아무리 빨리 해도 늦는 법이다.

그는 고위귀족을 원망하면서도 재산을 정리했다. 이미 결정 났다면 돈이라도 챙겨야 한다.

얼마 뒤.

재산을 정리하고 상인으로 새 삶을 시작하려던 그는 싸늘한 시체로 발견된다.

*   *   *

"스승님."

이십대 중반 정도로 보이는 건장한 체격의 사내가 데메우스 대공을 불렀다.

그 사내의 이름은 톰슨.

20년 전, 허브 마을에서 데메우스 대공이 거둬들인 어린아이가 이제는 반듯하게 성장해 있었다.

둘은 오랜 시간을 떠돌아다녔다. 남부대륙에 속한 국가라면 알칸시아 제국을 제외하고는 안 다녀본 곳이 없었다.

톰슨은 디멘션 디바이드를 익히고 폭넓은 경험을 바탕으로 마스터를 목전에 둔 훌륭한 기사로 성장했다.

"저곳이 알칸시아 황궁이다."

데메우스 대공이 압도적인 규모의 성을 가리켰다. 웅장하고 화려한, 천 년 역사를 고스란히 간직한 제국의 중심부였다.

"그렇군요."

톰슨은 저런 성보다도 자신의 스승이 더 대단해 보였다. 그는 100살이 넘었음에도 중년의 모습을 유지하고 있었다. 인간으로서 이룰 수 없는 검술의 끝은 본 존재가 바로 데메우스 대공이었다.

"이제 네가 나를 대신해서 제국을 지켜라."

"알겠습니다."

데메우스 대공은 정계에서 물러설 생각이다. 그리고 톰슨이 그 빈자리를 대신한다.

"가자."

데메우스 대공이 앞장섰다. 그리고 그 뒤를 톰슨이 조심스레 따라갔다.

외전

지그문트

씨 해저드 중앙, 심해 3천 미터 깊이에는 바다의 지배자가 사는 레어가 자리 잡고 있다.

그의 이름은 지그문트.

올해 2,400살이 되는 레비아탄이다. 인간들의 기준에서 보면 마수겠지만 엄밀히 말하면 마수 따위와는 비교도 못할 반신 급의 용족이다. 적어도 중간계에서 지그문트와 대적할 존재는 없었다.

그는 마법 수련을 하거나 실험, 키메라 제조 등등으로 시간을 때운다. 반복되는 일상에 지루함을 느낄 만도 하건만 나름

대로 자신의 삶에 만족하며 살았다.

그 일도 평소처럼 마법 수련을 하던 도중에 일어났다.

드드드드!

"응?"

지그문트가 레어를 뒤흔드는 지진을 느끼며 마법 수련을 그만뒀다.

"방어 결계가 흔들려?"

레비아탄은 용족으로서 죽을 때까지 강해진다. 지금의 방어 결계는 9,000살이 넘은 선조가 심혈을 기울여 설치한 것이다. 그런데 지금 그 방어 결계가 흔들렸다.

파팟!

지그문트가 텔레포트를 캐스팅해 레어 바깥으로 나갔다. 그는 주변을 둘러봤다.

드드드드드드!

지진이 심해졌다. 그의 레어뿐만 아니라 바다 전체가 흔들리는 착각이 들었다.

"엑스플러레이션."

물의 마력을 기반으로 캐스팅한 탐색 마법이 반경 수십 킬로미터를 훑고 지나갔다.

"심각하다."

반경 내에 탐색에 걸리지 않는 부분이 감지됐다. 지그문트는 그곳으로 이동했다.

쑤아아아아아!

"크윽! 폴리모프 해제!"

지그문트는 자신을 빨아들이는 흡입력에 기겁하고 플리모프를 해제했다.

200미터에 달하는 레비아탄의 본체가 드러나며 압도적인 마력이 사방을 뒤덮었다.

─저게 뭐야!

지름 수킬로미터의 블루 홀이 모든 것을 집어 삼키고 있었다. 바다는 물론이고 단단한 암초까지 분쇄됐다.

꾸어어어!

키아아앙!

마수들이 죽지 않으려고 전력을 다해 헤엄쳤지만 역부족이었다.

물의 권능을 타고나지 못한 2급 미만의 마수들은 흡입력을 버티지 못했다.

─이대로는 안 된다.

우우우웅!

지그문트가 레비아탄 일족에게 대대로 전해 내려오는 씨 하트를 소환했다.

─얼마나 자야 할지 눈앞이 깜깜하군.

씨 하트를 제대로 사용하려면 5천 살을 넘겨서 에인션트에 들어야 한다. 컴플리트에 불과한 지금으로썬 임시방편일 뿐이다.

—멈춰라.

언령이 실행되며 그의 뜻에 따라 시간이 멈췄다. 완전히 멈추지는 못하고 블루 홀의 주변만 멈췄다. 그럼에도 몸에 상당한 부담감이 작용했다.

—닫혀라.

쿠쿠쿠쿠쿠쿠!

—끄윽! 얼마나 깊은 거야!

순식간에 지그문트의 마력이 빠져나갔다. 씨 하트의 마력도 반절 가까이 소모됐다.

쿠웅!

블루 홀이 닫히며 시간이 풀렸다. 바다가 잠잠해지자 공포에 떨었던 마수들이 하나둘 얼굴을 내밀었다.

꾸엉?

터틀 드래곤이 지그문트의 곁으로 다가왔다. 그가 가장 아끼는 애완용 마수였다.

—다, 다시 원래대로…….

씨 하트를 레어로 돌려보냈다. 그곳에 있는 마법진에서 소모된 마력을 충전해야 한다.

―정신이…….

지그문트가 강제 수면기에 들어갔다. 버티려 해도 무리였다. 졸음이 쏟아졌다. 씨 하트 사용에 대한 부작용이었다.

꾸엉!

꾸어어엉!

터틀 드래곤들이 지그문트를 지키려고 몰려들었다. 그래 봐야 등급이 높은 마수라 그 숫자가 5~6마리에 불과했다.

꾸우우우!

터틀 드래곤들은 그의 곁에서 움직이지 않았다. 천성이 게으른 놈들이라 이런 상태로 수십 년도 거뜬하다. 그렇게 시간이 흐르고 흘러 300년 뒤에 그가 깨어났다.

*　　　　*　　　　*

―으으…….

지그문트가 정신을 차렸다. 정상적인 수면이 아니라서 개운치가 않았다. 그래도 나이를 먹어서인지 과거보다 덩치가 조금 더 커져 있었다.

꾸어어엉?

꾸엉?

터틀 드래곤들이 소리를 지르며 지그문트의 옆을 헤엄쳤다. 간간이 그의 비늘에 얼굴을 비비기도 했다.

—너희가 날 지킨 거냐?

꾸어어어!

터틀 드래곤들의 온몸에는 상처가 가득했다. 더욱이 비어 버린 등딱지도 몇 개 보였다. 그를 지키려던 싸움에서 죽은 것이다.

—얼마나 흐른 거지?

그가 흘러간 시간을 확인했다. 그냥 바다에게 물어보면 된다.

—삼백 년이 흘렀다고?

생각보다 수면기가 길어졌다. 터틀 드래곤들은 300년간 깨지 않는 그를 지킨 것이다.

—고맙다. 너희를 죽인 놈들은 내가 친히 죽여주마.

꾸어어엉!

농담이 아니었다. 하나하나 찾아내서 멸종시켜 버릴 작정이다. 터틀 드래곤들을 죽였다는 건 수면기에 들었었던 자신을 죽이려 했다는 말과도 같았다.

—아! 레어!

지그문트는 레어에 생각이 미치자 다급해졌다. 300년간 방어 결계에 마력을 보충하지 못했다. 평소라면 몰라도 블루 홀에 당한 충격을 복구하지 않고 나왔다.

파팟!

—역시나!

방어 결계가 해제되어 있었다. 그는 급하게 결계를 되돌리고 씨 하트가 무사한지 일족의 보고로 들어갔다.

—어?

깔끔하게 정리되어 있던 보고가 더럽혀져 있었다. 이유는 하나다. 누군가가 침입했을 때다.

—이, 이게.

어처구니가 없어서 말도 안 나왔다. 그의 내면이 안정되며 그 속을 새롭게 채운 감정은 분노였다.

미칠 듯한 분노가 솟구쳤다.

—크허허허허헝!

지그문트가 드래곤 피어를 발산하며 레어를 벗어나 바다를 뚫고 나왔다.

—감히! 찢어 죽이겠다. 반드시 찾아내서 죽여 버리겠다!

그는 당장에 누가 침입했는지에 대한 조사를 시작했다. 오랜 시간이 흘러서 마력의 향기가 희미했지만 지고한 용족은 그 희미한 향기조차 감지해 냈다.

—동쪽! 죽여 버리겠다!

푸아아앙!

마력을 감지한 지그문트가 지체하지 않고 방향을 잡았다.

한시라도 빨리 되찾아야 한다.

일족에게 있어서 가장 중요한 보물이었기에.

외전

탄트라

기품이 느껴지는 차림새의 어린아이들이 기사들의 호위를
받으며 뛰어논다.

이곳은 알칸시아 황궁.

금발에 금안을 지닌 두 명의 아이는 다른 아이들보다 찬란
하게 빛났다.

일 황자 안트로스.

이 황자 라이데온.

현 황제의 두 아들은 한껏 거드름을 피우며 고위귀족가문
의 자제들과 웃음꽃을 피워댔다.

"나도 놀고 싶은데······."

그늘이 가려지는 건물의 모서리 부분에서 앳된 목소리가 흘러나왔다. 황자들과 같은 특징을 지닌 그 아이는 이제 예닐곱 살 정도로 안트로스와 라이데온을 부럽다는 듯이 쳐다봤다.

"삼 황자 전하?"

"앗?"

탄트라는 자신을 부르는 소리에 깜짝 놀라 뒤를 돌아봤다. 그곳에는 황자들의 안전을 위해 주변을 순찰하던 근위기사가 서 있었다.

"헤헤, 저 못 본 걸로 해주세요."

"그러겠습니다, 전하."

탄트라를 쳐다보는 기사의 눈빛은 측은지심으로 가득했다. 어머니의 출신 성분 때문에 황제의 고귀한 피를 물려받고도 첩의 자식으로 살아가는 가여운 아이였다.

"고마워요."

"아닙니다, 전하."

실제로 기사 중에 탄트라를 싫어하는 사람은 없었다. 언제나 예의가 바르고 아랫사람을 편안하게 해줬다.

"사내 왜 그렇게 시 있나?"

"이런."

탄트라는 덩치가 작아서 그늘과 건물이 잘 숨겨줬지만 기사는 아니었다. 근거리에서 다가오던 동료 기사가 그를 불렀고 소리가 황자들이 있는 곳까지 퍼졌다.

"괜찮아요."

"죄송합니다, 전하."

"아? 사, 삼 황자 전하를 뵙습니다."

"안녕하세요."

꾸벅.

탄트라가 허리를 굽혀 인사했다. 그 모습이 어찌나 귀엽던지 근위기사들의 얼굴이 절로 미소가 피어올랐다.

"탄트라?"

귀족 가문의 자제들과 놀던 안트로스가 탄트라를 발견하고는 그의 이름을 불렀다.

"큰 형님."

"내가 형님이냐? 첩의 자식이."

"죄송해요."

탄트라는 풀이 죽었는지 어깨를 축 늘어뜨렸다. 안트로스는 그를 보며 말했다.

"저리 가! 우리끼리 놀 거니까."

"네……"

"너희! 이놈 접근하지 못 하도록 막아! 또 이런 일이 생기면 가만두지 않을 테다!"

안트로스는 근위기사들에게 호통치고는 라이데온과 함께 재미있게 놀았다.

"전하, 궁까지 모셔다 드리겠습니다."

"아니에요. 저 혼자 갈 수 있어요!"

탄트라는 돌아가는 내내 뒤를 보며 자신의 형제들을 쳐다봤다. 언제쯤 저 틈에서 놀 수 있을까? 언제쯤이면 동생으로 인정해 줄까? 어린아이가 하기에는 너무나도 슬픈 생각이 그를 짓눌렀다.

*　　　*　　　*

퍽퍼퍽퍽!

"개자식아! 감히 후작 가문 주제에 뭐라고? 날 뒤에서 욕해?"

"아악! 잘못했습니다. 살려주십시오, 전하!"

라이데온은 맞으면서 울며불며 용서를 구하는 상대의 행동을 무시하고 죽도록 때렸다. 몇몇 고위귀족 가문의 자제는 그 모습을 지켜보며 훌쩍훌쩍 울어댔다.

'감히! 어머니가 없다고? 첩의 자식도 없는 어머니가 없다고?'

들은 것은 우연이다.

황궁을 지나가다가 고위귀족 가문의 자제들이 모여 있길래 놀래주려 했다.

'첩도 어머니가 있는데 이 황자는 없잖아?'

그 한 마디가 라이데온을 미치게 만들었다. 모든 것을 가졌으나 그 하나를 가지지 못했다. 평소에는 그러려니 하고 넘어갔다. 그런데 직접적으로 비교를 당하자 속에서 꿈틀거리던 무언가가 터져 버렸다.

"뭐하는 짓이더냐!"

돌연 분노에 찬 고함이 황궁을 울렸다.

멈칫!

그 목소리를 들은 라이데온이 때리던 행동을 멈추고 자리를 비켰다.

"라이데온, 뭐하는 짓이냐고 물었다."

"이놈이 절 모욕했습니다."

라이데온은 자신의 아버지이자 현 황제를 똑바로 바라봤다.

"무슨 모욕?"

"저보고… 어머니가 없다고 했습니다."

"뭐, 뭐라?"

"헉!"

황제의 뒤에 시립해 있던 귀족 한 명이 헛숨을 들이켰다. 라이데온이 때린 아이의 아버지였다. 황족 모독은 즉결 처형 대상이다. 때리는 게 아니라 검을 들어 목을 잘라도 할 말이 없다.

"제가 자식을 잘못 가르쳤나이다, 폐하!"

"어린아이들끼리의 일이 아닌가? 돌아가서 잘 보살피게."

황제는 무릎을 꿇고 머리를 박아대는 후작에게 도리어 아이들 보살피라고 말했다.

"아, 아바마마?"

라이데온은 황제가 이리 쉽게 용서할 줄은 몰랐는지 말을 더듬었다.

"라이데온."

탁!

황제는 라이데온의 머리에 손을 얹었다.

"저 아이가 한 일은 분명 황족 모독죄에 해당한다. 법은 지켜져야 함이 옳지만 너무 곧으면 부러지게 마련이다. 때로는 휘어짐도 필요하단다."

라이데온은 이해할 수 없었다. 법을 어겼으면 그에 합당한 대가를 치러야 한다.

"아비의 말을 이해하기에는 네 나이가 너무 어리구나. 먼 훗날 성인이 되면 저절로 알게 될 게야."

황제는 라이데온이 훗날 자신을 이해하리라 믿고 그냥 넘어갔다.

'법을 어겨도 된다는 건가? 나와 탄트라를 비교해도 되는 거라고?'

라이데온 이때부터 어긋나기 시작했다.

*　　　*　　　*

"어마마마."

탄트라는 어머니의 품에 안겨 있었다. 그의 얼굴에는 눈물 자국이 가득했다.

"울지 마세요, 삼 황자."

"둘째 형님이 때렸어요……."

탄트라의 새하얀 불이 부어 있었다. 라이데온은 탄트라를 싫어하긴 했어도 때린 적은 없었다.

"삼 황자가 이해해야 합니다. 이 황자는 외로워서 그런 거랍니다.

그녀는 며칠 전 황제를 만나 라이데온이 후작 가문의 자제를 죽도록 때렸다는 사실을 알았다.

때린 이유는 어머니가 없는 라이데온과 어머니가 있는 탄트라를 비교해서였다.

다섯 황자와 네 황녀 중 라이데온만 유일하게 어머니가 없었다. 황제가 항상 바빠서 자녀들을 챙겨주지 못한다는 점을 상기하면 그는 혼자나 다름없었다.

"왜 외로워요?"

그녀가 탄트라를 가슴에 품으면서 말했다.

"삼 황자는 어미가 보고 싶으면 이렇게 찾아오지요?"

"네! 저는 어머니가 좋아요!"

"이 황자는요?"

"으음……."

탄트라가 볼을 부풀리며 고민에 빠졌다. 그가 어리다고 해도 이 황자에게 어머니가 없다는 건 알았다.

"아바마마에게 가면 되지 않나요?"

"그럼 왜 삼 황자는 황제 폐하에게 가지 않습니까?"

"아바마마는 바쁘셔서요."

어려서 그런지 말에 두서가 없었다. 아바마마에게 가면 되는데 바빠서 가지 않는단다. 처음부터 갈 필요가 없는 게 아닌가?

"맞아요. 황제 폐하는 바쁘답니다. 이 황자도 그걸 알고 있는 거예요."

솔직히 그녀도 그걸 알아서 안 찾아가는 긴지는 모른다. 아마도 대하기 어려워서일 거라고 생각했다. 그렇다고 탄트라에게 곧이곧대로 설명하기는 애매했다.

"이 황자를 이해할 수 있겠어요?"

"네! 형님은 외로워서 그런 거니까, 제가 이해할게요!"

"장합니다. 역시 어미의 자식답습니다."

"헤헤헤헤."

탄트라는 그녀의 품속에 안겨 있다가 잠이 들었다. 그녀는 팔다리가 저려도 그를 품에서 빼놓지 않았다.

그것이 어머니란 존재였다.

*　　　*　　　*

오늘은 다섯 황자와 네 황녀가 모두 모여 황제와 식사를 하는 날이다. 황족들에게는 이보다 뜻깊은 자리는 없었다. 황녀들은 황제에게 예쁨을 받으려고 고급 드레스를 입었고 황자들도 별반 다르지 않았다.

"저런 놈하고 나를……."

라이데온은 자리에서 가만히 앉아 있는 탄트라를 보며 이를 부드득 갈았다.

첩의 자식과 비교당했다는 생각에 몇 날 며칠 동안 잠을 설쳤다. 처음부터 싫어했지만 그날 이후로는 하는 행동마다 눈에 거슬렸다.

당장에라도 저 웃는 얼굴에 주먹을 꽂아 넣고 싶음에도 꾹 참았다. 이 안에서는 말썽을 부리면 안 된다.

쨍그랑!

은 접시가 떨어지며 안에 담긴 요리도 떨어졌다. 떨어진 요리는 장인의 손길을 탄 고급 대리석을 더럽혔다. 좌중의 시선이 대번에 한곳으로 쏠렸다. 시선을 받은 시녀는 자신이 벌인 일에 넋을 잃었다.

"네 이년!"

안트로스가 시녀를 향해 분노를 토해냈다. 천하디천한 시녀 따위가 황족들이 모여 있는 자리에서 실수를 범하다니, 죽어 마땅했다. 그는 열세 살 생일 선물로 받은 검을 뽑으려고 손을 아래로 내렸다.

스르르!

쇠가 마찰되며 날카로운 이빨이 모습을 드러내려 할 찰나, 작은 물체가 시녀의 앞을 가로막았다.

"이게 무슨 짓입니까! 황족들이 모인 곳에서 실수를 저지르다니요! 혼내주겠습니다!"

탄트라는 시녀의 손을 잡고 끌고 나갔다. 그에 알게 모르게 동료 시녀들이 안도의 한숨을 내쉬었다. 천성이 착한 삼 황자라면 죽이지는 않으리라 여겨서다.

그가 나서지 않았다면 안트로스 황자에게 어떤 꼴을 당했을지 상상만으로도 끔찍했다.

쿵!

문이 닫힐 때까지 황족들은 어리벙벙한 모습을 감추지 못했다.

"이익! 저놈이!"

안트로스는 우스운 꼴이 돼버렸다는 생각에 얼굴이 시뻘게졌다.

"제가 나갔다 오겠습니다."

데메우스 대공이 앞으로 걸어 나왔다.

"네? 대공께서요?"

"삼 황자 전하는 천성이 여리시니 제가 황족의 모범을 보이겠습니다."

"오오! 믿습니다, 대공! 제 대신 황족의 권위를 세워주세요!"

안트로스에게 예를 취한 데메우스 대공이 탄트라를 따라 나갔다.

*   *   *

"실수를 하셨어요, 그러면 안 돼요."

"흑, 죄송합니다. 삼 황자 전하."

탄트라는 시녀를 위로했다. 시녀는 서러움이 복받쳐 눈물을 흘렸다.

"들어가면 큰 형님한테 혼날 것 같고… 며칠 정도는 푹 쉬세요. 시녀장님도 봤으니까 알아서 조치해 줄 거예요!"

탄트라는 시녀를 돌려보냈다. 안트로스의 성격은 잔인하고 편협하다. 지금 들어가면 틀림없이 경을 친다.

"전하."

"어? 대공 전하!"

데메우스 대공은 탄트라가 하는 일을 곁에서 지켜봤다. 다른 황자들과는 참으로 성격이 달랐다.

"안트로스 전하께서 화를 내실 겁니다."

"그래도 저는 황자라서 괜찮잖아요. 시녀는… 정말 엄청나게 혼날 거예요."

"큭큭!"

데메우스 대공은 어린아이에게 적절한 표현이라 생각했다.

"헤헤!"

탄트라고 그를 따라 웃었다.

"시녀가 한 실수는 혼날 일이 아니라 처형감입니다. 왜 살려주셨습니까?"

"겨우 음식을 쏟았어요. 대공 전하라면 죽였겠어요?"

데메우스 대공은 말문이 막혔다. 저게 어린아이가 할 만한 말인가?

"아닙니다. 저도 살려줬을 겁니다."

"그렇죠? 대공 전하는 그러실 줄 알았어요."

'황제의 자질이다. 능히 제국을 품을 수 있다.'

데메우스 대공은 탄트라에게서 황제의 자질을 느꼈다. 첩의 자식이라 손가락질 받아도 꿋꿋하게 버텨내는 저 아이는 제국을 품을 수 있다.

"들어가시지요. 곧 폐하께서 당도하십니다."

"네!"

탄트라는 안에 들어가서 안트로스에게 크게 혼났다. 그럼에도 그 작은 얼굴에는 미소가 떠나지 않았다.

시녀를 살렸다는 미소가.

*　　　*　　　*

"어서 먹어라."

식사 자리에 앉은 인원은 총 11명으로 황제와 다섯 황자, 데메우스 대공과 네 황녀였다.

'녀석들.'

황제는 자신이 핏줄들을 흐뭇하게 바라봤다. 황제이기 전에 한 명의 아비로서 누구보다도 그들을 사랑했다.

"얘들아."

"네! 아바마마!"

황제는 곧바로 말을 하지 않고 자식 한 명 한 명과 눈을 맞췄다. 몇몇은 쑥스러웠는지 배시시 웃으며 얼굴을 붉혔다.

"사이좋게 지내야 한단다. 너희는 형제이니."

탄트라는 음식을 먹으면서 황제의 말을 귀담아들었다. 그리고 그 말은 그의 가슴에 화인처럼 새겨졌다.

*　　　*　　　*

"으으으윽!"

탄트라는 전신에서 느껴지는 고통에 신음을 흘렸다. 일 년 전부터 블레이드 킬러를 익히기 시작했다. 황족이라면 반드시 배워야 하는 무술이다.

"이익!"

뼈가 부딪히고 근육이 늘어났다. 기절할 만큼 아팠지만 어딘가 모르게 재밌었다.

'심심하지 않아.'

형제들은 그를 없는 사람 취급했다. 황녀들과는 취향이 달라서 공감대 형성이 어려웠다.

언제나 혼자였다. 매일매일 형제들이 노는 것을 구경하며 부러워했다. 혼자 있는 시간이 많아지면서 지루함도 늘어만 갔다.

그런데 블레이드 킬러를 익히고부터는 부러움과 지루함이 점차 사라졌다.

그리고 사라진 공간에는 호기심이 들어찼다. 이 무술로 어디까지 강해질 수 있을까 하는 호기심이 그를 지배했다. 계절이 바뀌면서 시간이 흘렀다. 그에 따라 소년도 청년으로 변했다.

파파파팡!

황족 전용 연무장에서 탄트라가 블레이드 킬러를 펼쳤다. 진동이 기운의 요동치며 사방으로 퍼져 나갔다. 가끔가다 허공에서 자유자재로 방향 전환까지 해댔다.

스스스스.

단련된 육체에서 하얀 수증기가 뿜어졌다. 추운 날씨 탓에 생긴 현상이다.

"해냈어."

다른 형제들은 블레이드 킬러 2단계에서 전부 포기했다. 오직 그 혼자만이 3단계를 넘어 4단계에 들어갔다. 알칸시아 제국 역사상 초대 황제를 제외하면 이 정도 경지를 이룩한 존재는 그가 유일했다.

"하아아아!"

쩌저저적!

탄트라가 블레이드 킬러를 전개하자 연무장 바닥이 갈라지며 돌가루를 휘날렸다.

더는 어릴 때의 모습을 찾아볼 수 없었다. 알칸시아 제국의 고귀한 피를 타고난 삼 황자만이 있을 뿐.

*　　　*　　　*

웅성웅성.

황궁 연무장으로 고위귀족이 하나둘 모여들었다. 이는 황족들도 마찬가지였다.

"삼 황자 전하의 소문이 사실인가?"

"허! 블레이드 킬러는 익힐 수 없다고 알았는데."

현재 제국에는 탄트라에 관한 소문이 가장 뜨거웠다. 황궁 근위기사단원과의 대련에서 이겼다거나 기사단장 급의 무력을 보유했다는 등 말이다.

"곧 밝혀지겠지."

귀족들이 이곳에 온 이유는 그 소문이 사실인지 거짓인지 확인하기 위해서다.

둥둥둥둥!

북이 울리며 탄트라가 연무장에 나타났다. 그를 상대해 줄 사람은 제국 십대기사에 속한 바루스 후작이다.

"잘 부탁합니다, 후작."

"저야말로입니다, 전하."

대앵!

시작을 알리는 종소리에 탄트라가 블레이드 킬러의 실체를 드러냈다.

드드드드!

흐릿한 진동을 두른 그가 자세를 잡았다. 바루스 공작은 그 모습을 보며 검을 들었다.

블레이드 킬러는 지금까지 외부에 노출되지 않은 무술이다. 어떤 식으로 공격해 올지 예측할 수 없었다.

파아아앙!

공기가 뚫리는 소리가 들리며 직선으로 파고든 탄트라가 주먹을 내질렀다.

쩌엉!

검면으로 주먹을 막은 바루스 후작은 검을 타고 내부로 들어오는 진동에 흠칫했다.

'이거……'

단순히 막는다고 끝나는 게 아니었다. 저 괴상한 기운까지 염두에 놓고 막아야 했다.

슈슈슈슛!

탄트라의 손과 발이 마구잡이로 움직이며 바루스 후작의 이곳저곳을 파고들었다.

이번에는 그도 당하고만 있지 않았다. 엑스퍼트 최상급에 오른 십대기사의 검술이 상대를 마중 나갔다.

쩌정!

파파파팟!

부딪히는 충격으로 생기는 굉음이 황족들과 귀족들의 혼을 쏙 빼놨다. 특히 황족들의 놀라움은 말로 표할 하지 못할 정도였다.

"저, 저게 4단계에 이른 블레이드 킬러?"

나이가 어린 오 황자를 제외한 다른 황자들은 질투심에 눈이 멀었다. 2단계에서도 뼈에 금이 가고 근육이 찢어졌다. 자신들은 그 고통을 못 이기고 포기했는데 그는 이겨내고서 황자의 위엄을 증명했다.

"허허!"

황제는 눈으로 보고도 믿기지 않았다. 자식 중 유일하게 소외당하던 삼 황자가 황가의 역사를 새로 쓰고 있었다.

'첩의 자식이!'

리이데온은 놀라워하는 황제를 보고는 경가심이 들었다. 황자들이 방탕한 세월을 보낼 동안 탄트라는 블레이드 킬러를 꾸준히 익혔고 지금 그 성과를 만인에게 보여줬다.

귀족들이 그를 새롭게 쳐다봤다.

저건 먹이를 노리는 눈빛이 아니다. 어느 쪽에 서야 유리할 지 편 가르기를 하는 것이다.

콰쾅!

바루스의 오러에 밀린 탄트라가 뒤로 퉁겨졌다. 그는 흔들리는 중심을 바로 잡고는 마음을 굳혔다.

'블레이드 헬을 써야겠어.'

완벽하게 사용하려면 5단계에 올라서야 하지만 최소 기준이 4단계였다.

콰아아아!

'내, 내부로 응축을!'

자주 쓰지 못하는 기술이라 익숙하지 않음에도 지기는 싫다는 감정이 그를 한계까지 끌어 올렸다.

우웅우웅!

내부 응축이 성공했다. 진동의 세기가 폭발적으로 증가하며 그의 육체에 옅은 황금빛 서기가 서렸다.

심상치 않음을 느낀 바루스 후작이 방어 위주에서 공격 위주로 자세를 바꿨다.

"그만."

데메우스 대공이 대련을 중단시켰다.

탄트라가 어린 나이치고 높은 경지를 이룩했어도 바루스 후작은 연륜과 경험이 풍부했다. 그러나 황금빛 서기를 보는 순간 그러한 생각을 접었다.

'저 기술은 위험하다.'

탄트라의 황금빛 서기는 그냥 서린 게 아니었다. 아주 미세하게 끊임없이 흔들렸다.

일반인은 손가락만 갖다 대도 부러지거나 잘릴 것이다. 그 자체로서 하나의 기술이었다.

"무승부로 하겠소."

오오오오!

데메우스 대공의 선언에 귀족들이 환성을 내질렀다. 그만큼 탄트라가 보여준 모습은 충격이었다.

십대기사와 무승부를 이룩하다니.

"후우!"

파앙!

블레이드 헬을 풀자 황금빛 서기가 순식간에 흩어졌다. 응축만 시켜놓고 사용은 안 했기에 큰 무리는 없었다.

"수고하셨습니다, 후작!"

"대단하십니다, 전하!"

탄트라는 이날 이후로 지지 세력 하나 없는 황위 계승 서열 최하위의 황족에서 누구도 무시하지 못할 강력한 황태자 후보로 올라섰다.

*   *   *

"아바마마……."

황제가 붕어했다. 그것도 황태자를 지정하지 못하고 붕어했다. 그 때문에 제국은 난장판으로 변했다. 자신을 지지하는 세력에 힘입어 대놓고 암투를 벌였다. 이러다간 형제끼리 죽고 죽이는 상황에 직면할 것이다.

실력을 드러낸 뒤로 수많은 귀족이 탄트라를 찾아왔다. 황태자, 더 나아가 황제에 어울리는 그릇이라며 자신들을 이끌어주길 바랐다.

모조리 거절했다. 애당초 그런 것에는 욕심이 없었다. 그냥 물 흐르는 대로 살고 싶었다.

"떠나자."

탄트라는 황궁 마도사가 만들어준 공간 가방에 여행에 필요한 여러 물품을 집어넣었다.

형제끼리 싸우고 싶지도 않았고 황제 자리에는 관심조차 없었다. 그러나 내버려 두지 않을 것이다. 이곳을 벗어나는 것만이 싸움을 피할 유일한 길이었다.

"평민으로 살아도 이곳에 있는 것보다는 행복할 것 같다."

어차피 반겨주는 사람 하나 없었다. 한없이 사랑해 주던 어마마마도 돌아가셨고 그나마 위안이 되던 아바마마도 이제는 안 계신다. 세상에 홀로 남겨졌기에 홀홀 털어버리고 떠날 수 있겠다.

"잘 있어라, 알칸시아 제국. 내 고향이여."

＊　　　＊　　　＊

"알칸 자네 정말 승급 시험을 볼 텐가? 내가 따라가긴 해도 잘못하면 죽을 수도 있어."

"보겠습니다."

알칸은 탄트라의 가명이다. 그는 알칸시아 제국을 떠나 동부대륙에 자리 잡았다. 그리고는 마수를 사냥해서 돈을 버는 헌터가 되어 나름 명성을 날리고 있었다.

그는 지금 틀란 왕국의 헌터 지부에서 S급 헌터 승급시험을 치르려고 대기 중이다.

"좋아! 상대를 찾아볼까?"

통상 헌터 지부는 마수가 자주 출몰하는 도시 근처에 지어진다. 마수로 벌어먹는 직업인데 멀리 떨어져서 짓는 자체가 이상하지 않을까?

"오거 어때?"

지부장은 의뢰 목록과 마수 출몰 목록을 뒤지면서 말했다.

"주변에 오거가 있습니까?"

"바렌 자작령과 이어지는 산속에서 발견됐다는군. 다 자란 성체 수놈이야. S급 헌터가 아니면 잡지 못해."

오거는 5급 마수 중에서도 최상위에 속한다. 더욱이 암놈인지 수놈인지, 늙었는지 젊은지에 따라 강함이 천차만별로 달라진다. 지부장의 말대로 다 자란 성체 수놈이면 가장 난이도가 높았다.

"지부장이 아니면 잡지 못한단 뜻이군요."

"그렇지. 튤란에는 S급 헌터가 나뿐이니까."

S급 헌터는 숫자가 굉장히 적다. 카바드 헌터 총본부에 이름을 올려놓은 자를 다 합쳐도 20명이 안 된다. 오거를 잡으려면 A급 헌터가 떼로 몰려가야 한다.

"가죠."

"승급비는 어떻게 할래?"

탄트라가 개인적으로 내거나 그가 오거를 잡아서 시체를 주거나 둘 중 하나였다.

"오거로 드리겠습니다."

"반나절 거리라서 꾸준히 가면 오늘 내로 도착하겠군."

둘은 바렌 자작령으로 이동했다.

***

바렌 자작령은 요즘 분위기가 흉흉했다. 오거가 출몰해서 산속으로 들어가는 사람들을 잡아먹기 때문이다.

"겁을 많이 먹었군요."

"일반인들에게는 오거가 아니라 오크라도 전설에 나오는 괴물이지."

헌터들이 몰려있는 모습도 종종 눈에 띠었다. 다른 마수를 사냥하러 왔는지 오거를 사냥하러 왔는지는 몰라도 후자라고 보기는 어려웠다. 그만큼 실력이 떨어진다는 뜻이다.

"바로 갈 텐가?"

"머뭇거릴 이유가 있습니까?"

지부장은 시원스레 대답하는 탄트라를 보며 호탕하게 그의 등을 두드렸다. 젊은 헌터치고는 싹수고 괜찮았고 실력도 출중했다.

둘은 걸음을 옮겨 산속으로 들어갔다.

"이거 분위기가 원래 이런 거야? 아니면 오거가 출몰해서 그런 거야?"

"아무래도 오거 때문이겠죠?"

대체로 산이나 숲과 붙어 있는 영지는 그곳에서 약초나 과일 등을 채집하며 부족한 부분을 채운다.

이 산은 딱 오거 한 마리가 영역지정을 하면 적당한 크기였다. 사람들에게는 생활에 필요한 물품을 구하려면 지옥으로 들어가야 할 상황인 것이다.

그 상황은 인간의 심리를 자극했고 그 심리가 무서운 분위기를 연출해 산 자체를 바꿔 버렸다.

"수놈이면 과시욕이 심할 테니 정상 쪽에 있겠군."

오거는 숫자가 적다뿐이지 발견하기는 쉽다. 전망이 좋은 곳을 찾아 서식처로 정하는 습성을 지녔다.

크르르르!

'쉿!'

역시나 정상 쪽으로 다가가자 가래 끓는 소리가 들리며 지독한 노린내가 풍겼다. 마수 자체가 목욕을 즐기지 않으니 어찌 보면 당연했다.

탄트라가 기척을 죽이고 나무 틈에 숨어 소리가 들린 쪽을 살펴봤다. 오거는 바닥에 앉아서 졸고 있었다. 사람처럼 넘어가려고도 하고 머리를 크게 휘젓기도 했다.

'갈까?'

'가죠.'

지부장의 신호에 탄트라가 뛰쳐나갔다.

＊　　　＊　　　＊

크어어엉!

성체 수놈 오거는 5미터가 넘는 크기의 동종 중에서도 최고 수준 개체였다. 지부장은 놈이 자리에서 일어나자 자신이 싸우겠다며 탄트라를 말렸다.

저 정도면 준 4급에 해당한다. 이곳에서 자라나는 싹을 꺾을 수는 없음이다. 그러나 탄트라는 지부장의 말을 무시했다.

쾅!

탄트라가 오거의 품속으로 파고들어 심장 부근을 후려쳤다. 블레이드 킬러의 기운이 근육으로 무장된 갑옷을 파헤치며 깊숙이 뚫고 들어갔다.

후웅!

파팟!

심장을 터트리려 했는데 오거의 가슴 근육이 워낙에 두터워서 상처만 입혔다.

"뚫는 게 어렵다면 모가지를 잘라주마."

우우우웅!

황금빛 서기가 그를 감싸며 블레이드 헬의 기운이 쏜살같이 날아갔다.

써걱!

쿠웅!

피가 분수처럼 솟구쳤다. 덩치가 커서 출혈량도 엄청났다.

지부장은 탄트라의 승급 시험을 보며 애당초 무늬만 A급이지 실력은 S급이라는 것을 눈치채고 있었다. 하지만 이건 예상을 상회하는 실력이다. 지부장 본인이 직접 나서도 저리 쉽게 잡기는 불가능했다.

"너 처음 헌터 시험 볼 때부터 그 실력이었느냐?"

"경험이 좀 부족하다는 걸 제외하면 그렇다고 볼 수 있겠군요."

"내가 괜한 걱정을 했군. 혼자 보낼 걸 그랬어."

"농담도."

둘은 이런저런 대화를 주고받으며 오거를 분해했다. 피도 마도사들의 마법 재료로 많이 쓰이지만 이미 많이 빠져나갔다. 그래도 비교적 깔끔하게 죽였기에 비싼 값에 판매하는 게 가능하다.

"헌터 세상에 발을 들여놓고 1년 만에 S급 헌터가 된 놈은 네가 처음이다."

지부장의 칭찬에 탄트라가 멋쩍은지 머리를 긁적였다. 딱히 의식한 것은 아니다. 그냥 어찌어찌하다 보니 이런 상황을 만들었다.

"어쨌든 축하한다. 새로운 S급 헌터."

"감사합니다."

그렇게 탄트라는 자신의 힘으로 세상 사는 법을 터득하고 있었다.

*　　　*　　　*

파파파팟!

"헉헉! 제길!"

탄트라의 전신이 상처로 가득했다. 몸을 보호하는 가죽 갑옷이 없었다면 치명상을 입었을 것이다.

등 뒤로는 날카로운 침들이 듬성듬성 박혀 있었다. 한 방이라도 맞으면 무시 못 할 독을 지닌 독침이었다.

"제국을 나왔는데! 일부러 이 먼 곳까지 왔는데! 왜 나를 가만두지 않는 거야!"

그는 뒤에서 날아오는 공격을 피하면서 울분을 토로했다. 카바드에서 휴식을 취하다가 사냥을 하러 피어 마운틴에 올랐다. 따로 떨어져 있던 트롤 한 마리를 발견해서 마무리가 되어가는 시점에 수백 명의 어쌔신에게 동시에 기습을 당했다.

블레이드 킬러의 진동으로 적의 흐름을 느끼지 못했다면 그 순간 죽었을 터다.

채앵!

탄트라는 날아오는 단검을 피하면서 다급하게 포션을 복용했다. 평소 넉넉하게 준비해서 다녔지만 마수 대비용이지 이런 상황을 예상한 게 아니었다. 그 때문에 양이 빠르게 줄어들었다.

"방법을, 방법을 생각하자."

카바드로 돌아가는 길은 진작에 막혔다. 어쌔신은 사람을 죽이려고 키워진 존재다. 무력으로 죽인다기보다는 계획을 짜서 죽이는 데 특화됐다.

그들은 탄트라의 이동 경로를 파악하고 기다렸다. 그리고 퇴로를 차단했다. 그가 산에 올라온 순간부터 돌아갈 길이 막힌 것이다.

철저하게 몰이사냥을 당하고 있었다. 이 상태가 계속되면 얼마 버티지 못하고 무너진다.

살려면 활로를 찾아야 했다.

"돌아가는 길은 막혔고, 뒤는 수백의 어쌔신, 남은 건?"

이곳은 피어 마운틴이다. 온갖 종류의 육상 마수가 출몰한다. 마수에게는 탄트라나 어쌔신이나 똑같은 고깃덩어리다.

그러니 그 점을 노리는 수밖에.

"될 대로 되라!"

탄트라가 진로를 변경했다. 조금 전까지 아는 길로 다녔다면 이제부터는 발길 닿는 대로다.

알칸시아 제국보다 넓은 피어 마운틴에서 길을 잃으면 죽은 목숨이다. 이왕에 죽는다면 도박이라도 해야지 않겠는가?

스아아악!

"큭!"

공격이 끊임없이 날아왔다. 방심의 끈을 놓을 수가 없었다. 정 놓고 싶다면 죽을 때 놔야 한다.

쏴아아아.

"계곡? 아니야."

탄트라가 가는 방향으로 물이 흐르는 소리가 들렸다. 계곡이라 생각했는데 이만큼의 거리에서 들릴 정도면 계곡이 아니었다.

타탁!

"폭포!"

탄트라의 눈앞에 어마어마한 규모의 물줄기가 떨어져 내렸다. 높이만도 어림잡아 100미터는 돼 보였다. 수압에 눌리면 뼈도 못 추릴 것이다.

"삼 황자 전하께서 최후를 맞기에는 최적의 장소군요."

"내 신분을 알아?"

뒤쪽에서 들려오는 소리에 탄트라가 몸을 돌렸다. 사방이 어쌔신들에게 포위됐다. 그리고 포위한 어쌔신들 사이에서 그들의 대장으로 보이는 자가 걸어 나오고 있었다.

스윽.

스르르릉!

대장이 손을 들어 올리자 어쌔신들이 검을 뽑아 들었다. 독으로 죽여도 상관은 없다. 그래도 확실히 하려면 검으로 목을 자르거나 심장을 뚫어야 한다. 폭포 아래로 떨어지기라도 하면 큰일이니까.

"누구냐? 누가 보냈느냐?"

"누구겠습니까?"

"하! 형님인가? 대체 왜지? 이 먼 곳까지 와서 나를 죽이는 이유가? 후환을 제거하기 위함인가?"

어쌔신들에게 물어본 말이 아니었다. 그들은 시켜서 하는 일이다. 알 리가 없었다.

"이리 허무하게 죽을 순 없어!"

파앗!

"안돼!"

써걱!

대장은 폭포로 뛰어드는 탄트라에게 검을 던졌다. 회전하며 날아오던 검이 탄트라의 왼팔을 잘라냈다.

"크아아악!"

탄트라가 비명을 내질렀다. 그러나 비명은 폭포에 묻혔고 그는 그동안에 누적된 피로와 왼팔에서 느껴지는 끔찍한 고통에 기절했다.

쏴아아아.

이윽고 폭포는 탄트라와 검을 집어삼켰다.

"대장, 어떻게 합니까?"

"으음!"

대장은 폭포 주변을 빠르게 훑었다. 그리고는 고개를 저었다.

"후퇴한다. 저길 내려가는 건 불가능해."

내려가는 길이 보이지 않았다. 절벽을 타고 내려가는 건 꿈도 꾸지 못한다.

"시체를 확인해야 하지 않습니까?"

"그만한 상처에 왼팔이 잘렸다. 더군다나 이곳은 피어 마운틴이야."

수하가 입을 닫았다. 그것으로도 충분한 설명이 됐다.

"돌아간다."

그는 마지막으로 폭포를 쳐다보고는 발길을 돌렸다.

＊　　　＊　　　＊

머리에 달린 다섯 쌍의 뿔과 두터운 붉은 육체의 주인.

탄트라가 감았던 눈을 떴다.

―꿈을 꿨나…….

살면서 강렬하게 느꼈던 기억들이 꿈으로 나타났다. 인간들처럼 잠을 잔 것은 아니다. 그냥 눈을 감고 조용히 명상을 했을 뿐이다.

끝도 없이 펼쳐진 대전의 가장 높은 곳.

탄트라는 그곳에 앉아 있었다.

―까마득하군.

족히 수천 년 전의 기억이다. 살아온 날의 백분의 일도 되지 않는 그 짧은 생이 그 어떤 기억보다도 깊게 박혀 있었다.

―전하.

―무슨 일이지?

대전의 한 부분이 일그러지며 그가 다스리는 왕국의 공작이 나타났다.

―아스모데우스가 새로 태어났습니다.

―그런가? 시기에 맞춰 태어났군.

탄트라가 미숙하던 시절 중간계의 지그문트와 힘을 합쳐 죽인 악마왕이 새로 태어났다.

악마는 죽어도 죽는 게 아니다. 기억은 삭제되지만 권능을 지닌 채로 끝없이 되살아난다.

그것은 악신 카룩스가 정해놨기에 바꾸지 못한다.

―이곳으로 오고 있습니다.

─그렇겠지. 다른 놈들은 정상적으로 왕좌를 거머쥐었지만 나는 일종의 돌연변이니까.

아크아돈의 분노와 알큐라스의 허무가 합쳐져서 생겨난 게 탄트라였다.

아스모데우스는 본능적으로 그가 이질적이라는 존재라는 것을 알고 왕좌를 뺏기 위해 다가오고 있었다.

현재 마계의 고위 악마는 106명이다. 본래는 108명인데 둘이 융합에서 악마왕이 되는 기현상이 유발됐다. 그럼에도 카록스는 별다른 행동을 취하지 않았다. 오히려 그는 재미있어했다.

쿠우우우!

탄트라는 멀리서 다가오는 아스모데우스의 기운을 느꼈다. 악마왕은 태어나면서부터 완전하다. 그 말은 상대의 힘이 과거와 같다는 뜻이다.

─왔군. 기다려라.

─예! 전하!

탄트라가 왕좌를 지니고 있는 한 지금의 일이 영원히 반복될 것이다. 그러나 그는 넘겨줄 생각 자체가 없었다.

마계는 투쟁의 세상이다.

싸워서 이기고 쟁취한다.

─이제 제대로 된 첫 싸움이 되겠군.

지그문트는 곁에 없다. 온전히 스스로 감당해 내야 한다.

─가볼까?

그는 마계를 지배하는 구대마왕의 한 명인 분노와 허무의
탄트라였다.

『아르벤드 연대기』 7권 완결

Chronicles of Arebend

작가 후기

드디어 아르벤드 연대기를 완결했습니다. 감회가 새롭네요. 평범한 대학생인 제가 책을 내서 완결을 하다니.

방학 때는 여유 있게 썼는데 개강하고 학교생활이 시작되자 리포트에 수업에 시험기간… 정신이 없더군요.

더군다나 수업 자료 뽑다가 USB를 잃어버렸습니다. 그 때문에 8만 자 정도를 날렸습니다. 그것 하나로 제 글 쓰는 페이스가 완벽히 박살 나는 바람에 6권부터 엄청난 고생을 하게 됐죠. 이 7권도 기말고사 끝나고 몇 날 며칠을 밤을 새워서 완성했습니다.

지금 시각 새벽 3시 40분.

후아! 개운하네요. 작품이 잘됐든 못 됐든 마감이란 게 이리 개운한지 처음 알았습니다.

왜냐하면! 첫 작품이니까요.

후후!

아! 외전 부분은 책이 7권 까지 나오면서 틈틈이 한 줄기로만 다뤄졌던 이야기의 틈을 파고든 것입니다.

자세하게 읽으신 분들이라면 어떤 부분이 어떻게 조합되는지를 아실 겁니다.

8월에 시작해서 12월에 완결… 나름 빠르다고 생각합니다. 초심자여서 그런가? 아무튼 앞으로도 이 마음을 잃지 않고 열심히 쓰겠습니다.

감사합니다.

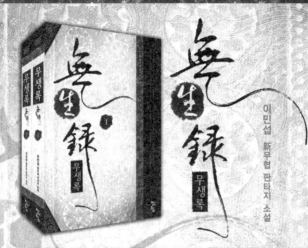

이민섭 新무협 판타지 소설

죽지 못하는 자는 살지 못하는 것과 같다.
그래서 그는 스스로를 무생(無生)이라 부른다.

은퇴한 기인들의 마을, 득도촌
그곳에서 가장 기이한 자는…
은거기인들마저 놀라게 하는 한 명의 청년

"그 무엇도 궁금해하지 말 것!"

부엌칼로 태산을 가르고,
곡괭이질로 산을 뚫는 자, 무생!

흘러 들어온 남궁가의 인연으로,
죽지 못해서 살아온 그가
이제 죽기 위해 무림으로 나선다.

살지 못한 자가 비로소 살게 되었을 때
천하가 오롯이 그의 것이 되리라!

Book Publishing CHUNGEORAM

유행이 아닌 자유추구~
WWW.chungeoram.com

FUSION FANTASTIC STORY
천성민 장편 소설

짐승의 규칙

『무결도왕』 『다크로드 블리츠』
천성민 작가의 신간!

『짐승의 규칙』

살아야만 했다.
나를 위해 희생당한 부모님을 위해.
복수를 위해.

죽여야만 했다.
내가 살기 위해 타인의 목숨을.

그렇게……
나는 짐승이 되었다.

Book Publishing CHUNGEORAM

유행이 아닌 자유추구 -
WWW. chungeoram.com